New York vom Morgen, wenn die Müllmänner kommen, bis in die Nacht, im Winter, im Sommer, im Frühling. New York für die Einheimischen und die Fremden, die am Port Authority ankommen: *Der Koloß von New* York, eine Magical Mystery Tour durch die Stadt, schildert deren innere und äußere Landschaften. New York, beschrieben von einzelnen Stimmen an unterschiedlichen Orten wie Times Square, Brooklyn Bridge, Central Park, Coney Island oder Broadway. Colson Whitehead, New Yorker von Geburt und aus Überzeugung, zeichnet ein sehr persönliches Bild einer Stadt, in der nichts gewöhnlich ist, auch nicht die Menschen, die sie bevölkern und denen er für Momente eine Stimme verleiht.

COLSON WHITEHEAD, 1969 in New York geboren, studierte an der Harvard University und arbeitete für die New York Times, Harper's und Granta. Whitehead erhielt den Whiting Writers Award (2000) und den Young Lion's Fiction Award (2002) und war Stipendiat der MacArthur »Genius« Fellowship. Für seinen Roman *Underground Railroad* wurde er mit dem National Book Award 2016 und dem Pulitzer-Preis 2017 ausgezeichnet. Für seinen Roman *Die Nickel Boys* erhielt er 2020 erneut den Pulitzer-Preis. Der Autor lebt in Brooklyn.

Colson Whitehead

Der Koloß von New York

Eine Stadt in dreizehn Teilen

Aus dem Amerikanischen
von Nikolaus Stingl

btb

Die Originalausgabe erschien erstmals 2003 unter dem Titel
»The Colossus of New York: A City in Thirteen Parts«
bei Doubleday, New York.

Penguin Random House Verlagsgruppe FSC® N001967

1. Auflage
Genehmigte Taschenbuchausgabe Dezember 2021
by btb Verlag in der Penguin Random House Verlagsgruppe GmbH,
Neumarkter Str. 28, 81673 München
Copyright der Originalausgabe © 2003 by Colson Whitehead
Copyright der deutschsprachigen Ausgabe © 2005 by
Carl Hanser Verlag, München
Covergestaltung: semper smile, München
Covermotiv: © Shutterstock / anna42f; Pixel-Shot
Druck und Einband: GGP Media GmbH, Pößneck
mr · Herstellung: sc
Printed in Germany
ISBN 978-3-442-77123-3

www.btb-verlag.de
www.facebook.com/btbverlag

Für Kevin Young

Stadtgrenzen

ICH WEISS NICHT, wie das bei Ihnen ist, aber ich bin hier, weil ich hier geboren und damit für jeden anderen Ort verdorben bin. Vielleicht sind Sie ja auch von hier, und es stellt sich früher oder später heraus, daß wir irgendwann einmal einen Häuserblock voneinander entfernt gewohnt haben, ohne es zu wissen. Oder vielleicht sind Sie vor ein paar Jahren wegen einer Arbeitsstelle hierhergezogen. Vielleicht sind Sie wegen Ihrer Ausbildung hergekommen. Vielleicht haben Sie den Prospekt gesehen. Die Stadt hat eine Menge Zeit und Geld aufgewendet, um den Prospekt zusammenzustellen, und schließlich gibt es ja auch all die Filme, Fernsehshows und Songs – die ganze Geschichte von wegen »If you can make it there«. Außerdem bemüht sich die Stadt nach Kräften, Ihr Heimatkaff so richtig trist und winzig aussehen zu lassen, bloß falls Sie sich manchmal fragen, warum es so fade ist, dorthin zurückzukehren.

Ganz gleich, wie lange Sie schon hier sind, New Yorker sind Sie, wenn Sie das erste Mal sagen: »Das da war früher Munsey's«, oder: »Das da war früher die Tic Toc Lounge.« Oder wenn Sie sich in dem kleinen Familienbetrieb, der früher da war, wo sich jetzt das Internet-Café eingenistet hat, die Schuhe haben neu besohlen lassen. Sie sind New Yorker, wenn das, was vorher da war, mehr Wirklichkeit und Substanz besitzt als das, was jetzt da ist.

Sie fangen an, sich Ihr eigenes New York zu bauen, sobald Ihr Blick zum ersten Mal auf die Stadt fällt. Vielleicht sind Sie mit einem Taxi vom Flughafen gekommen, als die Skyline sich zum ersten Mal in Ihr Blickfeld schob. All Ihr weltlicher Besitz befand sich im Kofferraum, und in der Hand hatten Sie einen Zettel mit einer Adresse drauf. Guck mal: Da ist das Empire State Building, da drüben sind die Twin Towers. Irgendwo in diesem phantastischen, herrlichen Gewirr war die Adresse auf dem Zettel, Ihr erstes Zuhause hier. Vielleicht haben Ihre Eltern Sie als Kind auf einen Urlaub hierhergeschleppt und Sie die riesigen Avenues auf und ab gekarrt, um Weihnachtsgeschenke zu kaufen. Die einzigen Wolkenkratzer, die Sie von Ihrem Kinderwagen aus sehen konnten, waren die Beine von Erwachsenen, aber den Boden haben Sie ziemlich gut kennengelernt, und Sie haben sich zu fragen begonnen, warum manche Bürgersteige aus einem bestimmten Blickwinkel glitzern und andere nicht. Vielleicht sind Sie hergekommen, um Ihren alten Kumpel zu besuchen, den, der letzten Sommer hergezogen ist, und es lief irgend etwas mit dem vereinbarten Treffpunkt schief. Sie sind aus der Penn Station in das schwindelerregende Getümmel der Eighth

Avenue hinausgetreten und in Ohnmacht gefallen. Halten Sie den Film hier an: Dieser Augenblick ist der erste Ziegelstein zu Ihrer Stadt.

Ich habe mein New York im Zug Nr. 1 in Uptown zu bauen begonnen. Meine erste Stadterinnerung ist die an einen Blick aus einem U-Bahn-Fenster, während der Zug auf dem Weg zur 125. Straße aus dem Schacht schoß und sich auf die Hochbahnschienen hinaufquälte. Wir schreiben Anfang der Siebziger, also ist alles dreckig. Das heißt, es ist immer noch alles dreckig, denn das ist meine Stadt, und an der halte ich fest. Ich spreche immer noch vom Pan Am Building, nicht aus Affektiertheit, sondern weil es das ist. Für die frisch aus Des Moines hierher Verpflanzte, die ihre erste Arbeitswoche bei einer Versicherung in der Park Avenue South antritt, ist der Titan, der über Grand Central hockt, das Met Life Building, und für sie wird es das bleiben. Sie hat natürlich unrecht – wenn ich daran hochschaue, sehe ich schließlich klar und deutlich die riesigen Buchstaben, die die Silben Pan Am bilden. Und natürlich habe ich in den Augen der Alteingesessenen unrecht, die den Mythos aufrechterhalten, es gebe eine Zeit vor Pan Am.

Geschichtsbücher und Dokumentarfilme des öffentlichen Fernsehens versuchen einem ständig alle möglichen »Fakten« über New York zu vermitteln. Daß die Canal Street einmal ein Kanal gewesen sei. Daß es sich beim Bryant Park um ein Wasserreservoir gehandelt habe. Alles Quatsch. Ich war in der Canal Street, und einen Fluß habe ich nur ein einziges Mal durchfließen sehen, nämlich als es das letzte Mal zu einem Bruch der Hauptwasserleitung gekommen ist. Hören Sie nicht auf das, was die Leute Ihnen über das alte New York erzählen, denn wenn Sie es nicht selbst erlebt haben, gehört es nicht zu Ihrem New York und könnte genausogut Jersey sein. Ausgenommen die Geschichte, daß die Holländer damals für vierundzwanzig Dollar Manhattan gekauft haben – Großmäuler, die »zum richtigen Zeitpunkt einsteigen«, gibt es und wird es immer geben.

Es gibt in dieser nackten Stadt acht Millionen nackte Städte – sie widerstreiten und widersprechen einander. Das New York, in dem Sie leben, ist nicht mein New York; wie könnte es auch anders sein? Die Stadt vermehrt sich, wenn man gerade nicht hinsieht. Wir ziehen hierhin, wir ziehen dahin. Im Laufe eines Lebens kommen so eine ganze Menge Viertel zusammen, das kunterbunte Baumaterial Ihrer zusammengestoppelten Metropole. Ihre bevorzugten Zeitungskioske, Restaurants, Kinos, U-Bahn-Stationen und Friseursalons werden von denen Ihres nächsten Viertels abgelöst. Das läppert sich. Im Handumdrehen haben Sie Ihre eigene, persönliche Skyline.

Kehren Sie an Ihre alten Lieblingsplätze in Ihren alten

Vierteln zurück, und Sie stellen fest: Sie sind geblieben und verschwunden. Die Imbißbude, das Feinkostgeschäft, die Reinigung, die Sie ausgekundschaftet haben, als Sie hier ankamen und versuchten, in diesen Straßen heimisch zu werden: sie sind fort. Aber schauen Sie hinter die Fenster des Reisebüros, das Ihre Pizzeria ersetzt hat. Jenseits der Schreibtische, Computer und Werbeplakate für tropische Abenteuer können Sie immer noch abkühlende Pizzen sehen, den neben einem halben Stück liegenden Pizzaschneider, die Landkarte von Sizilien an der Wand. Es ist immer noch alles da, das versichere ich Ihnen. Der Mann, der gerade einen Flug nach Jamaika bezahlt hat, sieht nichts davon, sieht nur seine romantische Flucht, seinen Familienurlaub, das, was dieser kleine Laden in dieser kleinen Straße ihm gewährt hat. Die verschwundene Pizzeria ist noch da, weil Sie da sind, und wenn der Schönheitssalon das Reisebüro ersetzt, wird der Gentleman immer noch seine Ferienreise bekommen. Und die Lady ihre Maniküre.

Sie müssen schlucken, wenn Sie feststellen, daß das alte Café jetzt die Filiale einer Apothekenkette ist, daß der Ort, wo Sie Soundso zum ersten Mal geküßt haben, jetzt einen Elektronik-Discounter beherbergt, daß dort, wo Sie ebendieses Jackett gekauft haben, Schutt hinter einem blaugestrichenen Sperrholzzaun und ein künftiges Bürogebäude liegen. Ihrer Stadt ist Schaden zugefügt worden. Sie sagen, es sei über Nacht passiert. Aber das stimmt natürlich nicht. Ihre Pizzeria, sein Schuhputzerstand, ihr Hutgeschäft: als es sie noch gab, haben wir sie geringgeschätzt. Gut möglich, daß der Laden dichtgemacht hat, kurz nachdem Sie das letzte Mal zur Tür hinausspaziert sind. (Vor zehn Monaten? Sechs Jahren? Fünfzehn? Sie wissen es nicht mehr, stimmt's?) Und vor dem Reisebüro gab es an dieser Stelle fünf Geschäfte. Fünf verschiedene Viertel, die zwischen damals und heute entstanden und verschwunden sind, andere Städte anderer Leute. Oder fünfzehn, fünfundzwanzig, hundert Viertel. Tausende von Menschen kommen jeden Tag an dieser Ladenfront vorbei, jeder verkehrt in den Straßen seines eigenen New York, und keiner von ihnen sieht das gleiche.

Nie können wir uns richtig verabschieden. Es war Ihre letzte Fahrt in einem Checker-Taxi, und Sie wurden nicht vorgewarnt. Es war das letzte Mal, daß Sie in diesem irgendwie zwielichtigen China-Restaurant Lake Tung Ting Shrimps aßen, und Sie hatten keine Ahnung. Wenn Sie es gewußt hätten, wären Sie vielleicht hinter den Tresen gegangen und hätten jedem die Hand gegeben, hätten die Kamera hervorgeholt und den Leuten gesagt, wie sie sich hinstellen sollen. Aber Sie hatten keine Ahnung. Es gibt unangekündigte Wendepunkte: Wir schließen die Eingangstür einer Wohnung nur soundso viele Male auf. Irgendwann waren Sie dem letzten Mal näher als dem ersten Mal, ohne es zu wissen. Sie wußten nicht, daß Sie sich jedesmal, wenn Sie die Schwelle überschritten, verabschiedeten.

Ich hatte nie Gelegenheit, mich von einigen meiner alten Gebäude zu verabschieden. In manchen habe ich gewohnt, andere gehörten zu einer Skyline, von der ich glaubte, es werde sie immer geben. Und sie hatten nie Gelegenheit, sich von mir zu verabschieden. Ich glaube, das hätten sie gern getan – ich weigere mich, sie für gleichgültig zu halten. Sie behaupten, Sie kennen diese Straßen ziemlich gut? Die Stadt kennt Sie besser als jeder lebende Mensch, weil sie Sie gesehen hat, als Sie allein waren. Sie hat Sie gesehen, wie Sie sich für das Vorstellungsgespräch wappneten, nach der späten Verabredung langsam nach Hause gingen, über nichtexistierende Hindernisse auf dem Bürgersteig stolperten. Sie hat Sie zusammenzucken sehen, als der eine eiskalte Tropfen aus der Klimaanlage im zwölften Stock herunterfiel und Sie erwischte. Sie hat die Verwirrung in Ihrem Gesicht gesehen, als Sie aus der spontan besuchten Vormittagsvorstellung kamen, ungläubig, daß nach einem so langen Film noch heller Tag herrschte. Sie hat Sie fast im Laufschritt die Straße heraufkommen sehen, nachdem Sie die Schlüssel zu Ihrer ersten Wohnung bekommen haben. Die Stadt hat das alles gesehen. Und im Gedächtnis behalten.

Überlegen Sie, was alle Ihre früheren Wohnungen sagen würden, wenn sie zusammenkämen, um Geschichten auszutauschen. Sie könnten Beginn und Ende jeder Ihrer Beziehungen rekonstruieren, sich über Ihre Garderobe und Ihren Musikgeschmack beklagen, darüber klatschen, wer Sie nach Mitternacht sind. 7J sagt: Das ist also aus Lucy geworden – ich habe gleich gewußt, daß das nie funktionieren würde. Sie haben mit Yoga angefangen, Sie haben mit Yoga aufgehört, Sie haben diverse Heilverfahren ausprobiert. Sie haben Persönlichkeiten ausprobiert und sie verworfen, und das macht Ihre früheren Zimmer wehmütig: Warum muß sich alles ändern? Saxophon sagst du, meint 3R, ich habe ihn gekannt, als er Gitarre gespielt hat. Halten Sie Ihre früheren Wohnungen in Ehren und verweilen Sie einen Augenblick, wenn Sie daran vorbeikommen. Zollen Sie Ihnen Tribut, denn sie sind die Bewahrer Ihrer Persönlichkeitswechsel.

Unsere Straßen sind Kalender, in denen steht, wer wir waren und wer wir als nächstes sein werden. Wir sehen uns jeden Tag in dieser Stadt, wenn wir den Bürgersteig entlanggehen und flüchtig unser Spiegelbild in Schaufenstern erblicken; wir suchen uns jedesmal in dieser Stadt, wenn wir uns in Erinnerungen darüber ergehen, was vor fünfzehn, zehn, vierzig Jahren da war, denn alle unsere früheren Orte sind der Beweis dafür, daß wir hier waren. Eines Tages wird die Stadt, die wir gebaut haben, verschwunden sein, und wenn sie verschwindet, verschwinden auch wir. Wenn die Gebäude fallen, stürzen auch wir.

Vielleicht werden wir an dem Tag New Yorker, an dem wir uns klarmachen, daß New York auch ohne uns weiterbestehen wird. Um das Unvermeidliche hinauszuschieben, versuchen wir, die Stadt an Ort und Stelle zu fixieren, sie in Erinnerung zu behalten, wie sie war, und tun ihr damit etwas an, was wir uns selbst nie gefallen ließen. Der Jugendliche im Zug Nr. 1 in Uptown, der Neuankömmling, der aus Grand Central tritt, der Trottel an der Kreuzung, der Osten und Westen nicht unterscheiden kann: diese Leute gibt es nicht mehr, sie haben ein paar Wohnungen zuvor zu existieren aufgehört, und anders wollen wir es auch gar nicht haben. New York City hält uns unsere früheren Persönlichkeiten nicht vor. Vielleicht können wir ja ebenso entgegenkommend sein.

Unsere alten Gebäude stehen noch, weil wir sie gesehen haben, in ihre langen Schatten ein- und aus ihnen herausgetreten sind, das Glück hatten, sie eine Zeitlang zu kennen. Sie sind Teil der Stadt, die wir mit uns herumtragen. Schwer vorstellbar, daß irgend etwas anderes an ihre Stelle treten wird, doch in ebendiesem Moment überlegen die Leute mit den richtigen Referenzen, wie sie die Krater füllen könnten. Die Betonlaster werden

anrollen und ihre Bäuche rotieren lassen, die Preßluft-
hämmer werden knattern, und nach einer Weile wird
man dann die Ansichtskarten von der neuen Skyline
kaufen können. Natürlich werden wir diese Neulinge
argwöhnisch beäugen, aber wir wollen geduldig sein und
nicht allzu rasch urteilen. Schließlich waren wir auch
einmal neu hier.

Was folgt, ist meine Stadt. Also eine Art Reiseführer,
mit praktischen, farbkodierten Karten und winzigem
Kleindruck, den Sie sehr genau lesen sollten, damit Sie
keine Überraschungen erleben. Er enthält Ihre Viertel.
Oder auch nicht. Wir überschneiden uns. Oder auch
nicht. Vielleicht sind Sie durch diese Straßen gegangen,
vielleicht ist das alles Jersey für Sie. Ich weiß nicht recht,
was ich sagen soll. Außer vielleicht, daß wir wahrscheinlich Nachbarn sind. Daß wir jeden Tag aneinander vorbeigehen und es erst jetzt erfahren.

Port Authority

IRGENDWIE SIND SIE ALLE ABGEBRANNT, wie sie da die Trittstufen des Busses herunterwanken. Sonst wären sie auf andere Weise hierhergekommen. Hier warten keine Paparazzi, um sie zu fotografieren. Keine Absperrgitter halten die Getreuen zurück. Schließlich ist das hier der Hintereingang.

IN DER HALTEBUCHT geht es ganz undramatisch zu. Ein Mann mit Schutzbrille vermerkt die Ankunftszeit. Der Gepäckmann pustet sich in die Hände, eine Fuhre weniger bis zum Ausstempeln. Jeden Tag Tausende von Neuankömmlingen, und es nimmt kein Ende. Die unterschiedlichsten Leute, aber alle gleich. Sie versuchen sich mit unterschiedlichen Gesichtern durchzumogeln, aber es ist zwecklos. Irgendwelche Gegenstände an sich gedrückt, kommen sie die geriffelten Trittstufen herunter, und der Gepäckmann zerrt die Taschen aus dem Gepäckraum und sucht nach Handgriffen. Sie werden unruhig und drängeln: Wird man ihnen die Taschen klauen? Alle haben sie die Geschichten gehört. Einer hat einen Cousin, der mal hier war und Opfer eines Überfalls wurde. Er mußte sich telegrafisch Geld anweisen lassen, um wieder nach Hause zu kommen, und das war das letzte Mal, daß jemand aus diesem Clan nach New York gefahren ist. Vor einer Sache namens Dreikartentrick muß man sich vorsehen. Alle haben sie die Geschichten gehört, und alle kommen sie trotzdem. Die Taschen plumpsen auf Beton und werden aufgehoben.

GANZ GLEICH, woher sie kommen, ganz gleich, welche Gründe sie dafür haben, Geld durch ein Schalterfenster zu schieben, im Bus sind sie alle gleich. Sie steigen ein. Bleiben kurz beim Fahrer stehen, verschaffen sich einen Überblick, während sie Quittungen in Hosen- und Reisetaschen stopfen. Hinten sind noch ein paar Sitze frei. Alle wollen sie allein sitzen. Noch nie warst du der erste im Bus und konntest dir deinen Platz aussuchen. Die Leute haben Theorien über Fensterplätze und Plätze am Gang und welche Bereiche bei einem Unfall sicherer sind. Er merkt nicht, daß er mit seinem Matchsack im Vorbeigehen jeden am Kopf trifft. Ist hier noch frei? fragt er, und sein Sitznachbar taxiert seine Maße. Schnell verfinstern sich Gesichter. Es dauert nur fünf Minuten, um sich in konstanter Unbequemlichkeit einzurichten. Wenn sie bloß die nächsten tausend Meilen durch die Nase atmen könnte. Sie praktiziert irgendeine Technik. Beim nächsten Halt bauen die Leute auf den leeren Sitzen neben sich Taschen und Jacken auf und vermeiden Blickkontakt oder stellen sich schlafend, wenn die neuen Pilger versuchen, Plätze zu finden.

ES GIBT NICHT VIEL, womit sie sich auf dem Highway beschäftigen könnten außer periodisch auftretenden Ankündigungen. Ein Gewerbegebiet, die selbstbewußte Skyline einer Stadt, die kleiner ist als die auf ihren abgerissenen Tickets genannte. Countdown der Meilen auf Verkehrsschildern, was manchmal ermutigend ist. Unauffälliges flitzt aus dem Scheinwerferkegel, um sich Blicken zu entziehen. Durch drei Staaten hindurch rollt die leere Saftflasche zwischen Schuhen und Taschen im Bus hin und her. Niemand macht Besitzrechte geltend. Die Verantwortlichen tun so, als hörten sie nichts. Das ist bestimmt eine Perücke zwei Reihen weiter vorn. Sie probieren neue Positionen für ihre Beine aus. Das eine angezogen, das andere unter die Fußstütze geklemmt. Beide Füße fast schon im Mittelgang, bis ein Dritter darüber stolpert. Er hat lange Beine und Anspruch auf besondere Vorrechte. Der Große stemmt die Knie gegen die Rückenlehne vor sich, als müßte er sich einen Schornstein hinaufzwängen. Sie hat den einzigen Sitz, dessen Rückenlehne sich nicht verstellen läßt. Irgendwer hat den Hebel abgebrochen, und jedes Rückwärtsneigen ihrer Nachbarn ruft Neid hervor. Jede neue Kombination von Gliedmaßen könnte der Schlüssel zur Kammer der Bequemlichkeit und dann des Schlafes sein. Statt dessen schlafen Körperteile, die nicht gebraucht werden, vor den Gehirnen ein. Beine, Füße. Mit den Überqueren von Staatsgrenzen wechseln Nummernschilder die Farbe.

OBEN IM GEPÄCKNETZ passiert irgend etwas mit den Taschen. Wenn man etwas herausholen will, sind sie unerklärlicherweise schwerer, als hätten sie sich selbst neu gepackt, während man gerade nicht hinsah. Reißverschlüsse gehen nicht mehr zu und klaffen verlegen lächelnd auseinander. Harmlose Unebenheiten im Highway haben Folgen. Die Verschlußkappe der Shampooflasche lockert sich. Shampoo sickert auf Kleidung, ein Tropfen pro Meile. Der Shampoogeruch dringt durch das Segeltuch und erinnert ganze Sitzreihen an ihnen vorenthaltene Duschen. Er schläft am Fenster ein, und als er aufwacht, bemerkt er eine graue Wolke, einen fettigen Abdruck auf einem farbigen Kissen. Sie glaubt, sie habe lange geschlafen, dabei waren es nur zehn Minuten. Ihrem Ziel kaum näher.

DEM HIMMEL SEI DANK für die weißen, abnehmbaren Kopfstützenbezüge, eine Erfindung, die uns vor Keimen schützt. Patent ist angemeldet. Gleichgültig rast der Bus an der Fabrik vorbei, die sie herstellt. Der Kerl auf dem

Platz nebenan kapiert einfach nicht. Sie sendet Signale aus, schaut in ihr Buch, nickt oder grunzt unbeteiligt, aber er quatscht unentwegt weiter. Schließlich klappt sie das Buch zu und erduldet das Geplapper. Falls dieser Laib Brot für die nächsten drei Tage reicht, wird er bei der Ankunft noch neun Dollar und fünfundsiebzig Cents haben. Irgendwer ißt Brathähnchen, kein Zweifel. Der Brathähnchengeruch macht die Reihen acht bis fünfzehn hungrig und neidisch, bis irgendwer ein verklemmtes Fenster auffrickelt. Der Kloreiniger ist ein periodisch freigesetzter Flaschengeist, der keinerlei Wünsche erfüllen kann. Halt es so lang wie möglich aus, ehe du dich da hineinwagst. Über zehn Meilen Interstate inspiziert ein Mann sein Gesicht im Toilettenspiegel. Wird er mit diesem Gesicht tatsächlich woanders neu anfangen? Wenn man das Urteil der Leuchtstoffröhren ertragen kann, stellt die Stadt kein Problem dar. Er pinkelt und bemüht sich, trotz des Geruckels auch mit dem jeweils letzten Spritzer die Schüssel zu treffen. Gelegentlich Selbstbefleckung. Durch das winzige, zwecks Belüftung offengehaltene Fenster erscheint die Welt verschwommen. Beruhigende Kühle von Feuchtigkeitstüchern. Der Riegel gleitet auf »frei«. Dann die schwankende Rückkehr den Gang entlang, um festzustellen, daß der Sitz geschrumpft ist, während man weg war.

DER FAHRER ist eine Art Priester, der schaltet, damit sie erlöst werden. Den Worten IHR FAHRER HEISST folgt eine Leerstelle. Immer häufiger schläft er sekundenlang am Steuer ein. Wenn man ihn bittet, die Heizung hochzudrehen, tut er es vielleicht. Beim Fahren trägt er eine dunkle Pilotenbrille. Er kündigt eine zehnminütige Rast an, und die Gefangenen drängeln sich hinaus in den Hof. Sie drängeln sich zu einem schnellen Imbiß, die letzte Eßmöglichkeit für wer weiß wie viele Meilen. Sie erkennt den Kerl da drüben aus dem Bus und raucht eine Zigarette. Solange er da steht, ist der Bus noch nicht weggefahren. Gezwungen, Prioritäten zu setzen, entscheiden sich manche für etwas zu essen anstelle eines Anrufs bei jemand Nahestehendem. Pennys sammeln sich an. In den Schlangen vor dem Imbiß entsteht Spannung – wie lange sind zehn Minuten? Mit heißen Pommes frites auf dem Parkplatz stehen und den roten Lichtern des abfahrenden Busses nachschauen. Am besten, man kürzt diese Gänge ab. Als sie zum Bus zurückkommen, ist immer noch reichlich Zeit, und sie stehen dumm herum, zu ängstlich, um noch einen Versuch zu machen. Alle haben Servietten vergessen.

ES IST DAS größte Versteck der Welt. Die unvermeidlichen Ausreißer. Die Verlassenen, die erst kürzlich zwischen den Zeilen lasen. Nach dem Schönheitswettbe-

werb ist das der naheliegende nächste Schritt. Alle großen Agenturen sind dort. Den ganzen Sommer hat er
seine Trinkgelder gespart, und sie für ein Ticket drauf-
gehen zu sehen hat sein Herz schneller schlagen lassen.
Nicht der erste in der Familie, der den Versuch wagt. Der
Koffer ist der gleiche wie der, den sein Vater vor Jahr-
zehnten benutzt hat. Diesmal wird es anders. Der Highway verläuft in gewundener Linie. Sie wird dort geist-
reich und elegant sein. Mit etwas Glück wohnt er noch
unter derselben Adresse, der Schlag wird ihn treffen,
wenn er die Tür aufmacht, aber er hat ja schließlich
gesagt, wenn du mal in die Stadt kommst. Hoffnung und
Wunsch. Im Licht des Freudenfeuers ist ihr aufgegangen,
was für ein wahnsinniger Ort das ist, und bis zum Morgen hatte sie schon gepackt. Wenn sie sich eingelebt haben, werden sie Geld heimschicken, soviel sie erübrigen
können. Einen bestimmten Prozentsatz. Jeden Abschied
noch einmal durchleben. Während sie übt, ihren Akzent
zu unterdrücken, betrachtet sie das Spiegelbild ihrer
Mundpartie im Fenster. Gewitzte Vokale entschlüpfen.
Niemand wird den Spitznamen kennen, der ihn auf die
Palme bringt. Das ist die richtige Entscheidung, sagen sie
sich. Und dann gibt es da noch einen selbst.

ZWISCHEN STÄDTEN tanken sie, gleiten Ausfahrten hinab, um Treibstoff zu fassen. Dieseloasen. Nach allem, was sie miteinander durchgemacht haben, lassen die Fahrer sich ablösen, ohne Abschied zu nehmen. Was bedeutet einem Fahrer schon ein Fahrgast. Offenbar gehören diese fingerlosen Lederhandschuhe zur Standardausrüstung. Von einem Fahrer hat sie nie das Gesicht gesehen, bloß die verläßlichen Schultern. Der Bus verändert sich, wenn man gerade nicht hinsieht. Gut möglich, daß man einschläft und aufwacht, und alles ist anders, jede Kopfhaut, jede Frisur, die man sich auf der langen Strecke ungewollt eingeprägt hat, ist verwandelt. Bis auf einen selbst haben alle ihr Ziel erreicht und sind ausgestiegen, und es kann passieren, daß auch alle Neuen ihr Ziel vor einem selbst erreichen und nur man selbst übrigbleibt, auf diesem Platz, der einsame Narr, der bis zur Endstation sitzen bleibt. Auf einem Platz sitzen nacheinander ein Säugling, ein kleines Kind, dann ein Teenager, und der nächste, der sich darauf setzt, wird aus der folgenden Altersstufe sein, das weiß er genau. Aber in einem Bus ist die Zeit sowieso eine komische Sache.

WIE KOMMEN WIR DAZU, ihnen zu widersprechen, wenn sie glauben, mit den beiden Wörtern New York werde sich alles für sie fügen? Sie warten so lange darauf, die berühmte Skyline zu sehen, erwachen dann aber am Ankunfts-Bussteig und werden mit einem letzten Ruck der Schmuddeligkeit ausgeliefert. Diese erste Enttäuschung wird ihnen helfen, sich zu akklimatisieren. Da drinnen ist das Wetter immer gleich. Draußen mag es Tag oder Nacht, sonnig oder verregnet sein, doch das Licht im Terminal ist immer das gleiche kränklich-grüne Strahlen. Ganz gleich, welche Tageszeit es ist, letztlich kommt jeder zur gleichen Tageszeit, bei gleichem Wetter hier an, und dadurch haben alle den gleichen Start. An anderen Bussteigen schieben sich fahrplanmäßig Busse heran und fahren ab. Sie röhren. Nach und nach kehrt die Flotte zurück. Die Busse fahren mit denen los, die fort müssen, und kommen mit Ersatz aus sämtlichen Staaten wieder. Der Ersatz ist nach der langen Fahrt und den kleinen Brutalitäten ein wenig benommen. Reihe für Reihe warten sie darauf, sich schlurfend in den Mittelgang schieben zu können. Weil ihr der Fuß eingeschlafen ist, kommt sie ins Stolpern. Er möchte sich beim Fahrer bedanken, aber der füllt gerade seinen Bericht aus und blickt nicht auf. Vor dem Gepäckkasten nehmen sie an sich, was ihnen gehört, wechseln bei ihren Taschen ständig den Griff, um dahinterzukommen, was für die nächste Etappe der Wanderung am besten ist. Stehen nicht ganz gerade. Einige holen tief Atem. Die Tür geht ganz leicht auf, sie sind nicht die ersten, die hindurchgehen, und sie betreten den Port Authority.

Morgens

MORGENS GEHÖREN DIE STRASSEN den Brot- und Müllwagen. Auf der Jagd nach Abfall, obskuren Schätzen, schwingen sich Müllmänner verwegen auf Bürgersteige, klauben zerkautes Brot und Krusten auf, die die Brotwagen schon vor Tagen zurückgelassen haben. Ausliefern und auflesen. Zwölf Tonnen schwere Vielfraße kauen sich die Bordsteinkante entlang und rülpsen in mechanischem Schwall zu den Fenstern hinauf. Wo ist ein Hahn, wenn man einen braucht? Statt dessen kräht Hydraulisches. Boulevardblätter wie zu Heuballen geschichtet. An Ecken kommen geleerte Mülltonnen schleudernd zum Stillstand. Ladenbesitzer ziehen Metallgitter zurück, die Einbrecher von Waren fernhalten, deren Diebstahl nicht lohnt. Dieses ganze metallische Knirschen, das ist die Morgenmaschinerie, die uns über Zahnräder und Getriebe zu vereinnahmen und aufzuwecken sucht. Auf die Uhr sehen, um festzustellen, wieviel Schlaf noch bleibt. Noch Zeit. Da unten liefern sie aus und lesen auf. Jeder von uns hat Routen, die er einhält, um diesen Laden am Laufen zu halten.

HIER EIN TIP, ihr Götter. Benennt euch, um Gläubige zu gewinnen, um Atheisten zu bekehren, in »Pausentaste« um. Eine leicht zugängliche Gottheit, nur eine Armlänge entfernt, ein zwar nicht für Lippen, aber für Fingerspitzen rasch zu verrichtendes Gebet. Wie die wahrhaftigsten Götter gibt sie ihnen, was sie schon hatten, und gewinnt sie durch den Alarm für sich. Köstliche Qual der Pausentaste. Knautsche ein Kissen und quetsche die Minuten heraus, die Füllung, die es enthält. Diese Rettungsflöße aus den Wäscheschränken. Noch fünf Minuten, und man würde vielleicht wieder in jenen Traum zurückversetzt, den, wo man fort war und glücklich. Er war gut und wirklich, und man wurde herausgerissen, ehe man zum besten Teil kam. Es war fast soweit, und dann plötzlich: piep, piep, piep. Wie die besten Götter versteht es die Pausentaste, das Paradies aufzuteilen.

RAUS AUS DEN FEDERN. Herumtappen und wach werden. Geräte einschalten, Lampen und Kaffeemaschinen, Radios und Fernseher. Nachrichtensprechern zuhören: Während du hier drinnen in Sicherheit warst, ist die Welt womöglich aus dem Ruder gelaufen. Laß dich von diesen besänftigenden Stimmen hätscheln, bis du fertig bist. Sieh nach den Fenstern, und du stellst fest, du bist in einer Leichenhalle, ein weißes Laken deckt deine unglückliche Bekannte. Also hat es in der Nacht geschneit. Wende einmal kurz die Augen von dieser Stadt ab – und sie spielt dir Streiche. Während du schläfst, putzt sie sich heraus, um deinen Charakter zu stärken. Wo ist dieser zuverlässige Pullover? Er wird dich warm halten. Vielleicht merkt ja keiner, daß er voller Löcher ist.

TRITT DEM TAG wohlbewehrt mit nützlichen Infos aus den Morgenprogrammen gegenüber. Ein unbedeutender Vorfall könnte sich zum interessanten Skandal auswachsen, drück die Daumen. Geburtstage von Leuten, die im Besitz esoterischer Geheimnisse in Sachen Langlebigkeit sind. Wir alle könnten für diese neue Lebensphase eine praktische Computergraphik, einen ernsthaften Nachrichtensprecher, ein zugkräftiges Schlagwort gebrauchen, doch kein Fachmann strampelt sich ab, dergleichen herzustellen. Sieh im Wetterbericht nach: Eine kleine Cartoon-Sonne strahlt über einer Gegend, in der du nicht lebst. Das ist die wichtigste Mahlzeit des Tages: in dein Inneres aufzunehmen, was vor deiner Schwelle liegt. Kein Kaffee mehr da. Keine Milch mehr. Kein Glück mehr. Wieder mal zu spät dran. Melde dich krank oder laß es sein. Ein flüchtiger Blick in den Badezimmerspiegel, und die guten Vorsätze von gestern abend erweisen sich als die gescheiterten Pläne von heute morgen. So schön, beim Aufwachen die Hüfte deiner Liebsten zu spüren, aber dann fällt dir der Streit von gestern abend ein, und du beschließt, daß du immer noch wütend bist. Du vergißt, daß du den ganzen Tag paranoid bist, wenn du morgens nicht duschst.

TRAG DEINEN GLÜCKSBRINGER, und alles wird gut. Wenn du nur gewaschen hättest, wärst du jetzt nicht in dieser Lage. Bedauern, herumstöbern, zusammenstellen. Der Segen eines heimlichen Vorrats zusammenpassender Socken. Sein Eau de Cologne heißt Hamper, *Recommended by Four Out of Five Whiffs*. Sie wird enttäuscht. Nicht nur einmal, sondern mehrfach. Heute morgen hat sich alles gegen sie verschworen. Von einem kaputten Wecker im Stich gelassen, von der gestern abend liegengelassenen Arbeit mit stummen Vorwürfen bedacht, und jetzt dieser Schnee. Ein gutgeplanter Angriff auf ihr inneres Gleichgewicht, der erst um Mitternacht enden wird, wenn der Bann gebrochen ist. Keine einzige Uhr bietet ein Zeichen der Ermutigung, nicht mal die an ihrer Mikrowelle, die für ihr häufiges Vorgehen berühmt ist. Unsere Reaktionen auf ersten Schnee und ersten Frost sind gut einstudiert. Wir nehmen unsere Plätze ein.

FLÜCHTIGE ABSCHIEDSKÜSSE für Nahestehende. Du willst nicht wissen, was in deiner Wohnung vorgeht, wenn du nicht da bist. Bevor er die Schwelle überschrei-

tet, muß er den Spruch hersagen, mit dem er sich wapp-
net. Hinter ihm fällt die Tür ins Schloß, dann heißt es
hinaus in den kalten Morgen. Der Wind ist ein strenger
Kritiker, bekannt für boshafte Wendungen, doch es ist
ausnahmsweise einmal schön, von Höflichkeiten ver-
schont zu bleiben, die Welt ohne Zuckerguß zu erleben.
Diesen Scheiß von wegen »Heute ist der erste Tag vom
Rest deines Lebens«. Draußen ist alles in einen weißen
Mantel eingemummelt. Knöpf den obersten Knopf zu,
den für Notfälle, und schieb die Fäuste in die Taschen.
Schon jetzt ist der Schnee beschämt und beschmutzt.
Fünf Minuten, mehr braucht diese Stadt nicht, um einen
kleinzukriegen. Hunde mengen dem Schnee Pigment
bei und retten so Schneebälle vor behandschuhten Händen. Beim Schmelzen fördert der Schnee Hundescheiße
zutage, doch kein Archäologe eilt herbei, um sie zu ka-
talogisieren. Salzflöhe verjagen Schnee. Arbeiter schaufeln Schnee von Gehwegen, um Schadensersatzklagen
fernzuhalten. Von Schaufeln und Wind gescheucht, kau-
ert sich der Schnee wärmesuchend an Gebäuden und
Bordsteinen zusammen. Schön zusammenbleiben! Letztlich sind wir nur zu mehreren sicher.

EIN BUNTGEMISCHTES VÖLKCHEN wartet auf Beförde-
rungsmittel. Geh fünfzehn Minuten früher oder später aus
dem Haus, und du stößt auf ein ganz anderes Ensemble.

Das ist eine ganz neue Truppe mit seltsamem Repertoire. Wähle den richtigen Zeitpunkt, und du siehst an der Bushaltestelle deinen heimlichen Schwarm. Ist vor zwei Wochen weggezogen, ohne dir Bescheid zu sagen, aber laß die Flamme nicht ausgehen, mein Treuer. Vergiß etwas in der Wohnung und überschlage die Zeit. Die verbitterte Koalition der zur Arbeit Fahrenden. Sie hissen die Flaggen ihrer Herkunftsländer. Ihr Tag ist erst eine Stunde alt, und schon läßt sie, bereits geschlagen, die Schultern hängen. Eiskalte Brillen beschlagen. An Orientierungspunkten vorbeifahren, wir haben private Orientierungspunkte, die jeder sehen kann. Der Anblick dieser speziellen Markise durch das Busfenster signalisiert, daß er gleich da ist. Schaffst du es rechtzeitig bis zur Tür. Verzeihung, entschuldigen Sie bitte, wo brennt's denn. Er hat die Strecke bis auf die Sekunde genau ausgetüftelt, und heute fehlen schon mehrere Minuten, alles läuft schief.

EIN PFAD IM SCHNEE. In Fußabdrücke zu treten erleichtert die Sache, während wir gegenseitig unseren Spuren folgen. Weder Lieder noch Statuen für die ersten Pioniere, nur ihre Fußabdrücke. Jeder ungleichmäßige Schritt macht einen wieder mit den Gefahren des Stadtlebens bekannt. So wird der Morgen zur Pflichtlektüre, zu einem Handbuch des Kampfes gegen Widrigkeiten. Die Erfrorenen warten darauf, daß es jemand bemerkt. Sie gehen an ihm vorbei, sehen nicht oder sehen doch, ignorieren oder sind gleichgültig. Vermeide Schneematsch und seine Andeutungen. Gegen dich wirken Kräfte, die deine Entschlossenheit zu Schneematsch zerschmelzen wollen. Laß es langsam angehen. Als wärst du nicht schon hellwach und kräftig geschockt. Schmelzender Schnee tropft von Markisen. Kein Schnee auf Gitterrosten in der Straße. Derart infernalische Hitze von unten, was würde da nicht schmelzen. Die Abergläubischen und die bloß Wachsamen vermeiden es, auf die Stahlklappen zu treten, die von der Unterwelt künden. Man hat von Menschen gehört, die in das Unsichtbare unten gefallen sind. Kobolde, Lemuren, Obdachlose. Stahl scheppert warnend unter ihrem tapferen Schritt. Mit ihren Falltüren bringen die Vormittage dich noch um.

IM KRÄFTESPIEL dieses Windtunnels bauschen sich Röcke, schießen Hüte davon, setzen sich Staubkörnchen in Augen. Dinge werden in die Flucht geschlagen. Hände drücken an. Entschlossenheit fixiert. Dieser Wind wird dir alles entreißen, dich lächerlich machen, während du dich zu behaupten suchst. Es liegt an den hohen Gebäuden und ihren architektonischen Eigenheiten. Schatten im Sommer und Grausamkeit im Winter, und ehrlich gesagt, es ist diese Jahreszeit, die sie genießen. Mit den Fingern gegen die Oberschenkel klopfen, um sie warm zu kriegen, mit den Ohren wird es eh nichts mehr. Unbedingt merken: Handschuhe kaufen. Zeitungs- und Muffinsverkäufer stehen an ihren angestammten Ecken. Für jeden Kunden der gleiche Gruß. Wenn sie noch wissen, wie du deinen Bagel magst, wirst du zum Stammkunden mit Privilegien gesalbt. Ich mag ihn schwarz. Klebrige Überraschungen am Boden der Kaffeetasse, Dünen von nicht aufgelöstem Zucker. Seine ganze Lieferung von Kaffeebecherdeckeln ist fehlerhaft, was einen Kunden nach dem anderen irritiert. Zwei Tropfen von dem Zeug auf seinem Hemd, und der Tag ist nicht mehr zu retten. Pulsschläge beschleunigen sich, filtrieren Bewußtsein. Erst bei der dritten Tasse wird er zum Menschen. Bis dahin nur ein dumpfer Klotz.

SCHLAGZEILEN WOLLEN dir unter die Haut, dazu noch mit billiger Druckerschwärze. Zeitungen niederringen und bändigen. Wenn er nur wüßte, wie man in öffentlichen Verkehrsmitteln eine Zeitung richtig faltet. Wenn nur mein Roboter-Doppelgänger funktioniere, dann würde ich ihn an meiner Stelle ins Büro schicken. Er ist dort sowieso beliebter. Über die Schulter dieses Fremden hinweg wird ein Verfasser von Horoskopen zum engen Freund. In diesem Anzug sieht er wie ein Idiot aus, aber es ist der einzige, den er besitzt, und die zu kurzen Ärmel kann er durch eine affektierte Haltung kaschieren. Zu dick für diese Hose, trotzt des beliebten Schlankheitsprogramms. An ihrem prallen Hosenbund steht der Schieber des Reißverschlusses stramm. Eben erst bemerkt er den Sabotageakt der Reinigung und überlegt sich Methoden, diesen Verrat den langen Tag über nicht merken zu lassen. Solche Kleinigkeiten machen Beförderungen zunichte. Über Nacht ist es auf ihrer Wange zum Vorschein gekommen, und jetzt wird ihr den ganzen Tag lang niemand in die Augen schauen. Du bemerkst dein erstes Fältchen, deswegen hast du vor dem Badezimmerspiegel so lange gebraucht. Keine Zeit, die Cremes aus der Werbung zu kaufen. Erst schneit es, und nun muß man sich noch mit diesem ganz eigenen Frost auseinandersetzen. Vergiß, was in Kalendern steht – es sind diese unanfechtbaren Zeichen, die uns verraten, wenn eine neue Jahreszeit angebrochen ist.

DIE VERGANGENE NACHT hängt schwer im Morgenhimmel, ein Wetter, das die Meteorologen nicht beschreiben können, weil es ihnen am geeigneten Instrumentarium fehlt. Versuche, die Leidenschaft der vergangenen Nacht zu interpretieren. Versuche, aus der vergangenen Nacht schlau zu werden – dieses Mal werden wir allem Vorangegangenen zum Trotz dafür sorgen, daß die Beziehung funktioniert. Der einzige Gelehrte in der Disziplin mit

Namen »Ich«, von keinem Mentor beraten, ohne Kollegen. Ihr Geruch noch an ihm. Nach der Arbeit und vor dem Schlafengehen hast du ein paar Stunden lang dein wahres Ich herausgelassen, und jetzt mußt du dafür büßen. Wie hießen sie, und was hatte das zu bedeuten. So weit reicht die Happy hour mit ihren täuschend langen Armen. Wahrscheinlich müßte man sich bei irgendwem entschuldigen. Du bist gar nicht nach Hause gekommen. Vielleicht bemerkt ja niemand, daß sie die gleichen Sachen anhat. Keiner macht eine Bemerkung über die seltsamen Male an seinem Hals, und wenn er nach Hause kommt, wird er jeden seiner Kollegen für sein Schweigen verfluchen. Was willst du am hypothetisch vorhandenen Trinkwasserbehälter oder am tatsächlich existierenden Kaffeeautomaten mitteilen? Wie stehst du da, wenn du nicht vorausplanst: Wieder so ein Trottel mit einem Pappbecher in der Hand. Von Hochprozentigem verkatert. Wie rieche ich, dringt mir das Übel aus den Poren? Beschnuppere dich diskret. Jeder hat etwas, das nur darauf wartet, ihm aus der Haut zu dringen. Nicht vom Stoffwechsel umgewandelte Unzulänglichkeit, Angst, Hoffnung – dabei hat ihnen niemand gesagt, daß letzteres keinen Geruch hat.

WEITERMACHEN. Auf dem Nachhauseweg an der Nacht-schicht vorbei. Sie haben die neue Lage an der Front schon gesehen, dürfen sie aber nicht schildern, damit du nicht in den Bunker deiner Wohnung zurückrennst. Wir wollen die Kinder nicht außer acht lassen, denn auch sie wagen sich in dieses Minenfeld. Sie haben kleinere Füße, sind aber von der Katastrophe nicht ausgenommen. An Ärmeln befestigte Handschuhe. Gefuchtel mit geknick-ten Monatskarten. Verstecke ein Spielzeug in deiner Ho-sentasche. Eigentlich darf er es nicht in die Schule mit-nehmen, aber wer könnte die Macht eines Talismans aus einer Cornflakes-Schachtel bestreiten? Kinder mittels elementarer Drohungen über die Arbeitswelt unterrich-ten. Wenn sie wüßten, daß es immer so sein wird, würden sie aufbegehren, wieder einschlafen, wo sie gerade ste-hen, in Bussen zu Boden fallen, auf Bürgersteige nieder-sinken. Im Grunde die einzig vernünftige Reaktion.

JEDER IRGENDWOHIN. Die Maschine am Laufen halten. Ausliefern und Auflesen. Jeder Tag eine Anzahlung. Be-fasse dich mit dem Kleingedruckten dieses Vertrags, so-lange du noch kannst. Übe den richtigen Tonfall für den großen Vorschlag. Denk dir eine Beschäftigung für den Praktikanten aus. Büffle für die große Prüfung. Nach all der Angst wird der Chef heute nicht dasein, die Lehre-rin ist krank, und anstelle des Erwarteten bekommen wir es mit leichtgläubigen Vertretungen zu tun. Das entlockt widerstrebenden Lippen das erste Lächeln des Tages. Die ganze Hetzerei für nichts und wieder nichts, denkst du, aber in Wirklichkeit war es eine Anzahlung. Einer nach dem anderen liegen die langen Tage vor dir bis zu dem Tag, an dem du dich entscheidest. Nicht heute. Vielleicht morgen. Nimm dir fünf Sekunden, um dich zu sammeln, ab jetzt. Und dann wieder alles an die Arbeit, aber ein bißchen plötzlich.

Central Park

OHNE SICH des biologischen Imperativs recht bewußt zu sein, begeben sie sich am ersten Frühlingstag auf der Suche nach einem Gegenmittel in den Park. Jeder kommt auf den gleichen Gedanken. Schließlich ist es schon eine Weile her. Sie haben lange Monate darauf gewartet, haben sich durch Schneematsch gekämpft und Pullover getragen. Und ganz plötzlich macht es »Knack« in ihnen, ein Fuß auf einem Zweig: der Park. Der einzige Ort, den man vergessen hat zuzubetonieren. Aber das wird schon noch. Nur Geduld.

SOLLEN WIR DA LANG- oder dort langgehen? Das grundlegende Entweder-Oder jedes Tages augenfällig gemacht, in Beton gegossen: ein sich gabelnder Pfad. Erörterung und Beratung, bis sie aufs Geratewohl losmarschieren. Erst wenige Minuten hier, und schon ist der Nachmittag in Stein gehauen. Ganze Möglichkeiten durch diesen ersten Fehler zunichte gemacht. Die Leute tragen ihr Erster-Frühlingstag-T-Shirt, den wahren Klassiker ihrer bunt zusammengewürfelten Garderobe. Groll erfüllt die Herzen der regelmäßigen Besucher. Wer sind diese Wilden? Jeden Nachmittag humpelt sie mit ihrem Hort von

Brotkrusten zu ihrer Bank. Ihr Griff in die Tüte ist deutlich zu hören, während Tauben vorwärts trippeln. Jeden Abend geht er denselben Pfad zu demselben Baum, nur um sich zu vergewissern, daß er noch da ist. Das einzig Verläßliche in seinem Leben. Jetzt auch noch diese Barbaren mit ihren Wasserflaschen, und guck dir bloß diesen Typ an, der auf meinem Lieblingsplatz sitzt.

WO SETZ ICH mich hin, wo setz ich mich hin? Unsere ganze Zukunft hängt von dieser Entscheidung ab. Seltsame Gestalten mit merkwürdigen Sitten. Ein Mann und eine Frau posieren auf einander gegenüberstehenden Bänken, ertappen sich abwechselnd beim Hinsehen. So überspannte Spekulationen auf so schmaler Basis. Das ist die Romantik der Parkbank. Keiner ergreift die Initiative. Unter der Sonne dehnen sich Minuten, bis sie aufsteht und geht. Würde sowieso nicht funktionieren. Verschrumpelte Männer haben ermittelt, daß die durchschnittliche Verweildauer auf einer Parkbank siebzehn Minuten beträgt. So werden Ihre Steuergelder verwendet. In ihren grünen Fahrzeugen sorgen die Angestellten der Parkverwaltung für Ruhe und Ordnung. Sie kennen die besten Plätze, um ein Nickerchen zu machen, wenn ihre Chefs zum Mittagessen gehen. »Rasen betreten verboten.« »Dieser Teil gesperrt.« Hätte eigentlich gestern vor drei Wochen wieder geöffnet werden sollen. Ein

Mädchen malt mit Kreide ein Himmel-und-Hölle-Spiel auf, ein anderes die Jungfrau Maria. Der Regen wird alles vom agnostischen Zement abwaschen. Ein paar Enten. Er hat eindeutig die falschen Schuhe an. Lächeln, alle miteinander, lächeln.

ACHTET AUF PFERDE und die Äpfel in ihrem Gefolge. Achtet auf Menschen in Transportmitteln. Vertrauenswürdige Diener schieben Erbinnen in Rollstühlen. Yuppies auf Rollerblades trainieren den Brunch ab. Ein Yogi demonstriert seine erstaunlichen Fähigkeiten, und Mimen an ihrem spielfreien Tag geben endlose Erläuterungen. Durch die Luft sausen Softbälle, eiern Frisbeescheiben, fliegen Schimpfnamen. Manches ist leichter zu fassen als anderes. Rechts und links von ihm schießt diese Bande auf Inlinern heran und stiebt von ihm weg wie Funken. Da liegt man also. Flach auf dem Rücken im Gras. So ein sattes Blau. Worüber denkt man nach? Über nichts. Sie nennt diese Erhebung »Heartbreak Hill«, denn genau das ist es. Seit drei Jahren nicht mehr in Einklang mit seiner Zeit, hat er die alten Kampfsportarten studiert, nur um hier beim Training in aller Öffentlichkeit dumm dazustehen. Tote Männer haben Fels gesprengt, um Eiszeitliches zunichte zu machen, aber ein paar sture Findlinge haben überdauert und wollen ihre Besitzansprüche nicht aufgeben. Darauf herumkletternde Kinder finden sich auf dem Mond wieder. Das ist echter Manhattan-Schiefer. Geben Sie sich nicht mit irgendeinem Ersatz zufrieden. Auf der Suche nach verflossenen Tagen spaziert er umher. Der Baum, auf den er mit seinem Bruder zu klettern pflegte, ist nicht mehr so hoch, und inzwischen haben Kinder die Äste abgebrochen, die als Sprossen dienten. Er klettert trotzdem hoch. Dreizehn Stiche.

ES IST KAUM bekannt, daß hier Menschen begraben sind, doch nur die Mörder kennen die genauen Stellen. Unsichtbares nasses Zeug auf dem Boden, und da liegt ein totes Eichhörnchen. Soviel zum Picknick. Gipfeltreffen im Schneidersitz. Willkommen an der Riviera. Was Shorts angeht, ist es zu Mißgriffen gekommen. Bei dem Typ da im Schneidersitz gucken die Eier raus, und sie sollte sich ernsthaft überlegen, sich die Haare zu entfernen, wenn sie so aus dem Haus gehen will. Büsche, Hecken, dunkle Dickichte. Lauft nicht zu weit weg, Kinder, es gibt hier Ecken, wo anonymer Sex stattfindet. Komm, wir machen anonymen Sex, was meinst du? Faß es nicht an, davon bekommst du Tollwut. Nimm statt dessen einen Stock.

AUF DER SUCHE nach dem wahren Leben streicht der berühmte Fotograf mit seiner Kamera hier herum, während seine Opfer sich in Szene setzen. Jahre später wird sie ihr Foto in einer Galerie sehen und sich fragen, warum sie damals geweint hat. Er berührt sie am Arm und sagt: Ich will dich bloß glücklich machen. Ach so. An der Stelle haben neulich ein paar Jugendliche gevögelt, unter den Augen der Penthouse-Bewohner. Der Absatz von Ferngläsern erreicht um diese Jahreszeit zwangsläufig Spitzenwerte. Die riesige Digitaluhr auf dem Firmengebäude macht sie auf die Sperrstunde aufmerksam. Siehst du das Fenster da, sagt er und zeigt mit dem Finger. Nein, das da. Da hab ich mal gewohnt. Hinter getöntem Glas werfen die neuen Bewohner hämische und finstere Blicke. Paperbacks machen den Rücken krumm. Hunde heben Beine. Einige der weniger talentierten Hippies geben einen Tanz zum besten.

DAS REICH der kaputten Zähne, der aufgeschürften Knie und winzigen Glassplitter. Dank seines hormonellen Problems ist er der König des Spielplatzes, klaut Spielzeug und zieht sich bei der Schaukel eine Line. Seine Mutter tut so, als merke sie es nicht, und liest den Artikel aus ihrer Handtasche nach, den über das neue Medikament. Intrigenspiel am Klettergerüst: Die Zwillinge in den gestreiften Hemden planen einen Coup. Auf Banken tratschen Eltern. Siehst du, es liegt eben doch in der Familie. Man munkelt, sie habe hier ihren neuen Mann kennengelernt; sein und ihr Kind hätten im Baumhaus

zu raufen angefangen, sie hätten sich in die Augen ge-
schaut, und es habe gleich gefunkt. Wo ist ihre Flasche.
Was ist das für ein Geräusch. Die Schaukeln quietschen,
ein Kobold beim Instrumentestimmen. Die Mayo ist in
der Hitze durchsichtig geworden. Unter niedrigen Stein-
brücken sind Trolle unsichtbar. Er hat geglaubt, dieser
Pfad führe hinaus, statt dessen führt er nur weiter hinein.
Dann die spektakuläre Böswilligkeit einer Wolke. Du
siehst sie über die Wiese herankriechen, ehe sie dich erwischt. So kalt und abrupt. Wie ein Freund.

SO VIELE LEUTE im Laufschritt. Verfolgt sie etwas? Ja,
jeden verfolgt etwas anderes und holt langsam auf. Sie
fühlt sich fit und in Form. Die Leute streifen eine
Schicht nach der anderen ab, je tiefer sie in den Park
kommen. Die Pullover lösen sich von ihrer Taille, ganz
gleich, auf welche Weise sie sie festknoten. Der Gleich-
schritt des joggenden Paars liefert keinen Hinweis darauf, daß er, nachdem sie ihr Geheimnis gebeichtet hat,
stehenbleiben, sich vorbeugen und die Handflächen auf
die Knie stemmen wird. Wie einige der Bäume hier sind
auch einige der heutigen Leiden immergrün. Andere
dagegen treiben nur zur entsprechenden Jahreszeit. Das
ist sein zehnter Versuch, sich der Jogging-Kultur anzu-
schließen. Mit diesem neuesten Outfit wird es klappen.
Keuchen und Stöhnen. Wie weit noch. Was für ein

Reservoir. Kleine Geräte registrieren erlaufene Meilen. Auseinandergezogen ergeben diese engen Runden Marathonläufe. Es ist seine bisher beste Zeit, die er nie wieder erreichen wird. Wenn er das gewußt hätte, hätte er sie sich für die Stunde nach einem schweren Tag im Büro oder nach einem Ehekrach aufgehoben. Statt dessen bleiben ihm zur Erinnerung nur Schweißflecken. Ein Bekehrter sagt: Von jetzt an komme ich jeden Tag hierher. Es ist so erfrischend.

WAS WIR WIRKLICH brauchen, ist Eis am Stiel. Wenn die Verkäufer die Hitze vorausgesehen hätten, hätten sie sich mit Eis eingedeckt. Lauwarme Limonade, aber wer kann sich beschweren. Setzen wir uns in den Schatten. Idioten waten in Brunnen. Deren Familie wirkt glücklicher als deine. Hier sind sie bei ihrem ersten Rendezvous gewesen, deshalb lotst er sie zu diesem Gehölz und hofft, daß sie einsieht, wie falsch sie sich verhalten hat. Sie sieht auf ihre Uhr. Sonnenlicht fängt sich in Glas und kleinen Metallteilen. Schön, daß wir hergekommen sind, aber jetzt bin ich müde. Eigentlich kürzt man nicht ab, wenn man quer durch den Park geht, denn es gibt Stellen, wo man nicht durchkommt, die eingezäunt sind; es gibt keine direkten Wege, und damit hat er keine Aussicht mehr, es rechtzeitig zur Überraschungsparty zu schaffen. Hinter dem Felsen da rauchen sie einen Joint.

Das nächste Mal bitte weniger Spucke. Als Hausaufgabe für die Schule sammelt er Blätter und Zweige für die Betrachtung unter dem Mikroskop. Nimmt dies und jenes von hier mit. Wahrscheinlich braucht man dafür eine Genehmigung.

ES GIBT HIER VÖGEL und eine gleichbleibende Anzahl von Kontakten zwischen Mensch und Vogelmist. Es gibt hier Trauerweiden. Sie erinnern mich an mich. Es gibt Teiche. Die Leute sehen sich nicht darin und erklären sie für trübe, aber eigentlich sind es vollkommene Spiegel. Prima Tag, um Karikaturist zu sein – alle haben daran gedacht, ihr Gesicht mitzubringen. Schmeichelhafte Zeichnungen werden später unter Bänken und Bussitzen vergessen. Die eher vernichtenden haben neue Frisuren zur Folge. Ist meine Nase wirklich so groß? Den ganzen Winter über versteckte Haut ist aus der Übung. Habe ich dieses Muttermal schon immer gehabt, und wenn ja, wird es dann größer? Seine verdächtig langen Ärmel verdecken die Zeichen seines Zögerns, Erinnerungen an jenen schlimmen Sommer. Die Schlangen vor den Trinkbrunnen sind zu lang. Superstarke Wasserstrahlen machen Gesichter naß. Er rennt dahin und feuert lautstark seinen Drachen an. Prima Tag zum Drachensteigenlassen. Hat es mal mitten auf dem Broadway probiert, die reinste Katastrophe. Der Junge dreht sich wieder und wieder um die eigene Achse, damit ihm schwindelig wird, und guck mal, wie komisch er jetzt geht. Zieh deinen Schlüpfer hoch, Mädchen. Er sagt: Ich wünschte, wir hätten Kinder, und sein Tonfall gibt ihr die Schuld. Er kommt nie hierher, obwohl er nur zwei Straßen weiter wohnt, und jetzt, wo er sich gezwungen hat, ein bißchen an die Sonne zu gehen, ist noch immer alles schrecklich. Das ist aber ein süßes Hundchen. Die alten Philosophen haben es am besten ausgedrückt: Wo Hunde jagen, ist es leicht, Miezen aufzugabeln. Er hat keine bestimmte Stelle, wo er sich aufhält. Sieht sich nur einfach überall um.

GRÜN. Minutenlang kommt man sich vor, als lebte man ganz woanders als da, wo man lebt. Und wie ist das? Als ob es Alternativen gäbe. Und dann reckt drüben im Westen ein Hochhaus einschüchternd den Kopf, dann noch eines, und im Osten eine ganze Bande von ihnen, und plötzlich kommst du mit erhobenen Händen heraus, du bist umzingelt. Auf allen Seiten Regimenter. Bessere Armeen als die gibt es nicht. Wenn du nah an den Rand gerätst, machen dich Gebäude mit finsteren Blicken darauf aufmerksam. Noch nicht. Sie geht weiter hinein.

WIE SICH HERAUSSTELLT, findet bei der Bank, für die sie sich entscheidet, die Tanzdarbietung statt. Tänzer und Musiker lassen sich an einer Stelle nieder, die gemäß ihrer Subkultur Glück verheißt. Zunächst ist sie mit ihnen allein, doch dann locken die Trommeln Spaziergänger an, ein Paar, dann zehn, kurz darauf Ringe sich wiegender Menschen. Späterkommende wollen wissen, was da los ist. Immer komme ich zu spät. Unwillkürlich klopfen Füße, schnippen Finger. Nach unzähligen Kellerproben läuft es bei den Tänzern wie am Schnürchen. Sieh dich um. In diesem Moment am ersten Frühlingstag in einem Park zusammengebracht. Eine Gemeinschaft. Und das in einer Großstadt. Zurückversetzt in eine Zeit vor der Erfindung von Nutzungsplänen und Stahlbeton, ein einziger Stamm, sprechende Trommeln. So etwas läßt sich nicht planen. Alle wissen, sie müssen dieses Gefühl im Gedächtnis behalten, denn bald heißt es: Zurück zur gewohnten Entwürdigung, und sie versuchen es sich einzuprägen, und dann hört es auf. Scheine und Münzen füllen den kleinen Korb. Knicker wenden den Blick ab, dann bewegt sich alles weiter zur nächsten kleinen Oase. Es ist gar nicht passiert. Außer ihr auf dieser Bank. Sie reckt die Arme. Was für ein schöner Tag.

AUF EINMAL wollen sie alle nach Hause. Hat irgendwas mit dem Licht zu tun. Wie man eine Decke faltet, weiß jeder. Verantwortungsvolle Bürger machen sauber, klauben ihren Abfall von Grashalmen. Alles, was man mitgebracht hat, muß man auch wieder mitnehmen. Was man hier gefunden hat, muß dableiben: Es kann außerhalb gar nicht existieren. Die Leute hören den Verkehr, wenn sie sich ihm nähern, und die Regeln fallen ihnen wieder ein. Eine große, gierige Stadt, aber doch eine gewisse Erleichterung: Sie kennen die Regeln wieder. An der roten Ampel kommt er zur Besinnung, er ist zum Essen verabredet. Er seufzt. Gott sei Dank, das ist vorbei.

Subway

NACH DEN TREPPEN klacken Drehkreuze, und taktische Überlegungen entscheiden, wo man sich hinstellt und wartet. Man wird nur schwer den Verdacht los, daß der Zug, den man kriegen wollte, gerade weggefahren, daß sein letztes Quietschen in dem Moment verklungen ist, als man den Bahnsteig erreicht hat, und daß alles besser wäre, wenn man sich anders verhalten hätte. Man hätte früher aufbrechen, sich nicht stundenlang zurechtmachen sollen. Neue Überlegungen: ein Taxi nehmen, mit dem Bus fahren, zu Fuß gehen? Nein, es ist zu weit, und der Zug kommt gleich. Bestimmt kommt er gleich. Sonst stünde man schließlich nicht hier.

DAS HIER IST die sagenumwobene Fahrt durch den Untergrund, Leute, und es wird noch erheblich schlimmer, bevor es besser wird. Am Gleis gegenüber müßte man sein, dort kann man sich vor Zügen kaum retten. Aus seinem geheimen Kabuff verbreitet der Ansager abwechselnd Trost und Schrecken. Dementsprechend erschlaffen oder straffen sich die Körper auf dem Bahnsteig. Mit einem Regler, mit dem er das Rauschen reguliert. Wie sie wohl wohnen, die Männer an den Mikrofonen? Eines

51

Tages werden die steuerlichen Unregelmäßigkeiten der U-Bahn-Ansager-Gewerkschaft ans Licht kommen, und dann ist Schluß mit Whirlpools und Hummer, aber bis dahin saufen sie Schampus. Schau noch ein einziges Mal in den Tunnel, und dein Verhalten entspricht endgültig dem eines Geistesgestörten. Es ist ansteckend. Abwechselnd spähen sie ins Dunkel, und der Bahnsteig ist eine Uhr: Je mehr Leute dumpf dastehen, desto mehr Zeit ist seit dem letzten Zug vergangen. Die Menschen stürzen von oben herab und sammeln sich in Stundenglas-Dünen. Sammeln sich wie Sekunden.

ES GIBT eine Bahnsteigkultur und eine Fahrkultur. Für den Bahnsteig gibt es Strategien: wo man stehen muß, um einen Sitzplatz zu kriegen, wenn die Türen aufgehen, wo man sein will, wenn man aussteigt, wie man unvorhergesehenen Katastrophen ausweicht. So viele Variablen, jeder ist ein Experte in höherer Mathematik. Moment mal. Was die für Elefantenohren hat. Weiß sie etwas, was er nicht weiß, sie schiebt sich näher an die Kante heran, und dann hört er das Brüllen auch. Die Herde zittert, der Löwe naht, Instinkte erwachen. Die Kiefer klaffen auf, die Leute steigen ein. Diverse Schlinggeräusche.

FÜR WELCHEN WAGEN entscheidest du dich? Such dir einen aus. Im Wagen mit den Unbekümmerten erhellt die Wattzahl ihres Lächelns die Tunnel. Im Wagen mit denen, die nicht wissen, wohin, wird gedöst. Im Wagen mit den Verspäteten ist das Grimassenfestival in vollem Gang. Im Wagen mit denen, die einen langen Tag gehabt haben, ist kein Sitzplatz frei. Also noch mal die Frage: Für welchen Wagen entscheidest du dich? Konflikte eskalieren. Schaffe ich es bis zu dem Sitzplatz, ehe sie dort ist? Ihre Augen begegnen sich, und sie schätzen Entfernungen ab. Wieder einmal von Blicken eingeschüchtert, gibt er auf, das ist sein Los, und lehnt sich an die Tür des Schaffners. Der muß an der nächsten Station kräftig drücken, um hinauszukommen.

LASS SIE RAUS, laß sie raus. Von Halt zu Halt werden längliche Reklametafeln plötzlich auf seltsame Weise interessant. Überall in der Ruhmeshalle des Schwammbefalls macht man uns mit Gebrechen bekannt. Hat sich schon jemals irgendwer die Telefonnummer des Dermatologen mit dem sinistren Namen aufgeschrieben? Nach all den Jahren hofft er immer noch, daß die Bedürftigen in den Genuß seiner revolutionären Techniken kommen, doch vorderhand müssen sie sich mit diesen dürftigen Papptafeln bescheiden. Du bist eingeweiht. Werbetafeln, die dir letzte Woche noch nichts bedeutet haben, sind jetzt deine letzte Hoffnung. Schau über ihre Köpfe hinweg. Dort oben winkt Erlösung und vielleicht ein Gedicht.

ERST NACH EINER ganzen Weile bemerkt er die ältere Dame und überläßt ihr seinen Sitzplatz. Der Schwangeren, dem Mann mit der Beinverletzung. Seine unseligen guten Manieren. Rutsch rüber. Rutsch weg von dem stinkenden Penner. Es ist bloß ein Stück Einwickelpapier, doch aus Angst, daß es sonstwas enthält, faßt niemand es an, und so gibt es einen freien Platz im überfüllten U-Bahn-Wagen. Du erspähst einen freien Platz, aber als du hinkommst, schwappt dort Limonade. Beim nächsten Halt setzt sich jemand drauf, und er hat ein schlechtes Gewissen, weil er ihn nicht darauf aufmerksam gemacht hat, aber eigentlich ist das auch nicht seine Aufgabe. Im Gesicht des Mannes malt sich langsames Begreifen, während die Limonade durchsickert: Jetzt sind zwei Plätze naß. Eine fahrende Bücherei. Bibeln und Bestseller halten die Gesichter der anderen Bürger fern. Fremdsprachige Zeitungen sind auf unterschiedliche Bevölkerungsgruppen ausgerichtet. Komm zufällig an die Unterseite des Sitzes, und du wirst zum Befürworter strengerer Kaugummiverbote. Auf halbem Weg zum Vorstellungsgespräch entdeckt sie zwei Tippfehler in ihrem Lebenslauf. Der Mann rechts neben ihr macht mitten in dem Geruckel ein Nickerchen und lehnt den Kopf an ihre Schulter, als hätte er ihre Engelhaftigkeit gespürt. Aus übertriebener Höflichkeit beschränkt sie sich auf halbherzige Stupser. Eigentlich ist es ziemlich komisch. Die Frau gegenüber lächelt über ihre Nöte. Bei der nächsten Station wacht er rätselhafterweise auf und macht sich davon.

TÜREN NICHT FESTHALTEN, nicht gegen die Türen lehnen, die Türen sind nicht dein Freund. Wenn du Freunde willst, dann gründe einen Verein auf der Basis gemeinsamer Interessen, aber komm nicht in die Subway. Er ist perfekt gekleidet bis auf seine Socken, die ihn verraten und verdammen, wenn er die Beine übereinanderschlägt. Der Obdachlose hofft, daß der nächste Wagen sich großzügiger zeigt. Der Musiker mit der kaputten Trompete sorgt für Irritation. Die Leute mustern die abgestoßenen Stellen an ihren Schuhen, als er mit seinem Becher vorbeikommt. Du suchst in deiner Tasche nach Kleingeld, dann fällt dir ein, daß du es fürs Telefonieren ausgegeben hast, mein Gott, wie peinlich, wo der Kerl mit ausgestreckter Hand vor dir steht. Der Typ, der das Jackett auf seinem Schoß gefaltet hat, um die plötzliche, unerklärliche Erektion zu verdecken.

AUS DEM TUNNEL heraus und jäh erhöht. Stadt im ersten Stock. In Wohnungen schauen, fremde Leben streifen, einen Blick werfen auf das, was die Leute sich so an die Wand pappen. Nie sieht man einen Menschen in den Wohnungen. Reihenweise Mietshaustableaus, die das Auge vorwiegend als Stimmungen wahrnimmt, vorwiegend trist und trübe. Er kann durch die Fenster in den nächsten Wagen sehen und fragt sich, ob die darin glücklich sind. Züge fahren an derselben Station los und streben dann auseinander. Zwei verschiedene Strecken mit getrennten Endbahnhöfen, trotz komplizierter Herkunft miteinander verwandt. Und los geht's. Sein Wagen führt zunächst eine Fensterlänge, dann, zwischen Streben hindurch, prescht der Gegner vor. Sein Wagen holt auf. Ihre Blicke treffen sich. Der Gesichtsausdruck ändert sich nicht. Dieser Ort hat ihnen Übung darin verschafft, Schwächen wegzustecken. Und dann setzt der andere Wagen zum Abtauchen an, die Gleise führen auf ihrer eigenen geheimen Strecke tiefer in die Erde hinein, nach Westen oder Norden, keine Zeit zum Abschiednehmen. Einigen wir uns auf ein Unentschieden. Es gibt immer ein nächstes Mal.

EIN TEIL DERER, die aussteigen wollen, steht zu früh auf. Wollen aussteigen, waren aber voreilig, und draußen ist es stockdunkel. Leicht verlegen. Ihre Plätze sind schon wieder besetzt. Soll er hier umsteigen? fragt er sich, während die Wagen in die entscheidende Station einfahren. Lauf. Alles stürzt zum Nahverkehrszug, manche kommen aus der Gegenrichtung zum Expreßzug, in seltenen Fällen tauschen die Umsteiger einfach die Sitzplätze miteinander. Bei diesen modernen Wagen, auf diesen modernen Gleisen passiert es weniger häufig, aber manchmal gehen die Lichter aus, und was machst du dann bei all den Monstern neben dir. Früher, das weiß ich noch, hat es immer einen Dime gekostet. Wenn dieser Wagen plötzlich auf eine einsame Insel versetzt würde und sie dort festsäßen, könnte sie vielleicht mit dem Typ da was anfangen. Wieso rücken Sie mir so auf die Pelle? Versucht er, den Plan hinter ihr zu lesen, oder untersucht er ihre Kopfhaut; schwer zu entscheiden. Da ist sie, die Schülergruppe aus dem Tagesheim, alle in entsprechenden identischen T-Shirts. Forsche Erwachsene scheuchen und mahnen. »Schön zusammenbleiben!« »Jeder sucht sich einen Partner.« Hast du also mal wieder den Wagen mit der Schülergruppe erwischt. Steckst hier mit diesen krakeelenden Knirpsen fest. Zu jung für Sex, boxen sie sich gegenseitig in den Arm.

WEGEN EINER POLIZEIAKTION in der Station vor uns sitzen wir im Tunnel fest. Wegen eines kranken Fahrgastes im Zug vor uns sitzen wir im Tunnel fest. Er schon

wieder, dieser Schleim hustende Blödmann. Für jemanden, der so krank ist, kommt er ganz schön rum. Vielleicht
steht er auch bloß auf einer höheren Entwicklungsstufe
und ist mittlerweile gegen Dreck und Geschwindigkeit
allergisch. Mal Geld sammeln, um eine Privatlimou-
sine für den kranken Fahrgast zu finanzieren. Der Ansager versucht zu informieren. Jedes Mißgeschick hier
unten strahlt aus dem Wagen nach draußen aus, erzeugt
Entschuldigungen, Auseinandersetzungen, plausible Geschichten. Was hier unten geschieht, düngt die Ober-
welt. Es gibt schmale Laufstege, auf denen maulwurfshafte
Angestellte gehen können, ohne zerquetscht zu werden.
Sie haben leuchtende Sicherheitswesten und eine tiefe
Sehnsucht nach den Vorbeirasenden. Sie werden dafür
bezahlt, sich unter der Erde aufzuhalten. Zu wissen, was
es heißt, hier unten zu arbeiten. Sie findet Schmutz unter
ihren Fingernägeln, während sie an ihnen vorbeisaust.

HALTESCHLAUFEN GIBT es nicht mehr. Heutzutage ist
alles Metall, schwenkbare Kommata, Stangen in senk-
rechten Anordnungen. Trotzdem hängen, schlaffen,
baumeln sie noch immer an gekrümmten Fingern. Füße
neben Füßen. Die Stange ist widerlich warm, Gott be-
wahre, feucht von vorherigen Fingern. Ein Fest für Mi-
kroben. Seine Hand gleitet langsam die Stange hinab,
berührt ihre Finger, also befiehlt sie ihnen den Rückzug.

Er setzt nach, wieder stoßen sie zusammen, sie zieht sich weiter zurück. Beider Hände gleiten abwärts, alles ohne Blickkontakt. Einer von vielen täglichen Kämpfen hier. Vorsicht vor absichtlichem Körperkontakt. Halte bei jedem Schlingern das Gleichgewicht. Wenn du nicht weißt, wieviel Uhr es ist, dann warte, bis er den Griff wechselt und du einen kurzen Blick tun kannst. Selbst wenn sie jetzt sofort in seine Station einführen, wäre es zu spät.

SEIN HERZ beschleunigt, ehe sein Verstand die Angst verarbeiten kann: Fahren sie nicht schon zu lange ohne Halt? Schon eine ganze Weile keine Station mehr, und das ist ziemlich beunruhigend. Plötzlich wird dir klar, daß du den Expreßzug genommen hast. Vorbei an vertrauten Stationen, weiter, als du je gefahren bist. Gegenden, von denen du zwar schon gehört, aber nie viel gehalten hast. Jetzt kriechen sie unterm Fluß durch, großer Gott, ein ganz anderer Bezirk, entsetzlich. Oben könnte die Apokalypse herrschen, ohne daß du etwas davon mitkriegst, und wer dächte nicht an eine Katastrophe, wenn er so im Tunnel festsitzt. Ist dieses Gefälle nicht ein kleines bißchen zu steil? Abwärts. Sie haben Gleise zum Mittelpunkt der Erde gelegt, und dort fahren wir jetzt hin. Es gibt Geschichten von Geisterzügen, Stationen, wo es spukt. Wir alle sind schon an Geisterstationen vorbeigesaust, wo die Ausgänge zugemauert sind und Graffiti in geschwungenen Lettern warnen. Laßt alle Hoffnung fahren. Wenn der Zug an Geisterstationen hält, gibt es kein Entrinnen, und wir werden uns im Fegefeuer drängeln. Das erklärt die Sache: Er ist heute gestorben, ohne es zu merken, und dieser Zug bringt ihn in die Unterwelt. Dann kommst du plötzlich an und mußt noch mal fürs Umsteigen bezahlen.

SIE WIEGEN SICH im Gleichklang, wenigstens in diesem unbedeutenden Punkt sind sie sich einig. Sieh dir ihre Brieftaschen an – die Nennwerte stimmen nicht überein. Geh ihre Gebete durch – die Namen ihrer Götter sind nicht identisch. Was sie schätzen und hochhalten, ihre Ideale und ihre Einkaufszettel, sind so verschieden und zahlreich wie ihre Fahrtziele. Aber noch ist nicht alles verloren. Sieh dich um, jetzt legen sie im U-Bahn-Wagen ein Tänzchen hin und wiegen sich alle miteinander, ohne geprobt zu haben. Ruckeln und schlingern miteinander zu den Orchestrierungen des Wagens. Manche summen sogar. Alle machen mit bis zum nächsten Halt, wo manche aus- und andere einsteigen. Jetzt mußt du raus. Steig aus. Steig jetzt aus und beeil dich, ehe die Unterwelt dich festhält.

Regen

DRAUSSEN AUF DER STRASSE bemerken sie die Wolken kaum, ehe es zu regnen anfängt. Der Regen fällt in Strömen. Mit einem Schlag durchnäßt, nicht Tropfen um Tropfen. Der erste Tropfen ist die Startpistole eines Rennens, und wenn sie losgeht, suchen die Leute Schutz, ganz egal, wo, sie drängen sich unter zerrissenen Markisen zusammen, in der Tür des Lokals, als hätten sie plötzlich Lust auf Kaffee. An Gebäude gedrückt, als wären sie auf der Flucht. Kurze Sprints und Spurts zwischen Unterstellmöglichkeiten. Im Trockenen. Bestimmt hört es bald auf, denken sie. Solange können sie warten. Es kann ja nicht ewig dauern.

DIE REGENSCHIRM-VERKÄUFER haben mit einer solchen Eventualität gerechnet und tauchen nun auf, um Geschäfte zu machen. Darauf warten sie die ganze Woche, und sie haben einen reichlichen Vorrat an Ein-Dollar-Noten. Die Vorteile ihrer Ware liegen auf der Hand. Ganz gleich, was der Wetterbericht sagt, sie nimmt jeden Tag einen Schirm mit, schließlich kann man nie wissen, und die Nässe gibt ihr recht. Er klappt auseinander. Die Begossenen drücken auf widerspenstige

Knöpfe, und die Mechanismen klappen auseinander. Unter ihren Privatkuppeln sind sie vom gemeinen Volk gesondert. So leicht aller Sorge enthoben zu werden. Die Silberspitzen stoßen und stechen nach Augenhöhlen. Die Wahrscheinlichkeit spricht dafür, daß viele von spitzen Regenschirmstangen geblendet werden, und bestimmt bist du das nächste Opfer. An der Ecke ringt er mit einem Geist um die Seele seines Schirms. Die Bö gewinnt die Oberhand, während er darauf wartet, daß die Ampel auf Grün springt, und der Schirm wird umgestülpt. Viele kommen um. Die in diesem Kampf Verwundeten und Gefallenen schauen aus Mülltonnen hervor, im Stich gelassen, schwarzer Stoff, der sich über geknickten Chromrippen kräuselt. Das ist ihr Schicksal. Entweder ab in die Mülltonne oder irgendwo vergessen – im Restaurant, im Kino, im Flur eines Freundes, wo sich auf Böden langsam ihre Pfützen ausbreiten. Eine Bindung zu einem Schirm einzugehen ist in dieser Stadt der schnellste Weg zu einem gebrochenen Herzen. Jede genaue Bestandsaufnahme ergäbe, daß es in dieser Stadt nur zwanzig Regenschirme gibt, die fortwährend von Hand zu Hand gehen. Ein Haufen Schwerenöter. So lernen wir von Regenschirmen, was Verlust bedeutet.

DIE NEUEN FLÜSSE entlang den Bordsteinen schwemmen Zeitungspapier und Dreck zu Gullys. Zu groß, um sich durch Gitterroste zu quetschen, dümpelt der Abfall an Ort und Stelle, vergleichbar der wenig stilvollen Warterei vor verschlossenen Nachtclubtüren. Die Flüssigkeit sinkt ab. Die Alligatoren haben nichts dagegen. Irgendwann läßt ein Hemmnis eine Pfütze vordringen. Ihre Oberfläche eine Mondsichel, von Zeit zu Zeit zernarbt von Kratern. Jeder Tropfen zerplatzt und vergrößert die Oberfläche der Pfütze. Die Busreifen tun das ihre für den Wasserkreislauf und befördern die Pfütze wieder in die Luft. Selbstzufrieden unter ihrem Schirm wird sie patschnaß, als sie zu nahe am Bordstein steht. Der Feind ist von unten gekommen. Die städtischen Verkehrsbetriebe bekräftigen alte Lektionen: Jede Pfütze hat es auf dich abgesehen. Wenn es keine schweren Fahrzeuge sind, dann sind es die Kinder in ihren hellroten Stiefeln, die einen naßspritzen. Laßt das gefälligst.

ES FINDET mühelos deinen Nacken. Es zeichnet lüstern die ganze Länge deines Rückgrats nach. Die lange Liste von Erledigungen schrumpft auf das zusammen, was man möglichst trockenen Fußes schaffen kann. Soviel zur Reinigung. In der ganzen Stadt schrumpft die Zahl der freien Taxis, während sich an den Rändern des Verkehrs dünne Finger zitternd recken. Der Mistkerl einen Block flußaufwärts kriegt es, bevor du noch die Hand ausstrekken kannst, und genauso bist du für jemand anders einen Block flußabwärts der Mistkerl. Schimpfnamen werden gegen den Verkehrsstrom geschleudert, auf die Ahnungslosen. Alle wollen bloß nach Hause, also stellen sie Berechnungen an und manövrieren. An welchem Häuserblock kriegt man eher ein Taxi. Richtung Osten oder Richtung Westen, die Straße rauf oder runter. Strategien teilen und vervielfältigen sich, je länger man dasteht. Der Supercomputer des Taxi-Erwischens. Die Sixth Avenue ist uptown, die Seventh downtown, wichtige Variablen. Tageszeit, Windrichtung und Windstärke, Sonnenflekken, der pazifische Taifun, alles wichtige Überlegungen, wenn man ein Taxi kriegen will. Sie hat es herangewunken, weil sie glaubte, es sei leer, aber es saust vorbei, mit selbstgefälligen Fahrgästen auf dem Rücksitz, die sie nicht einmal bemerken. An einem solchen Tag braucht es nur ein bißchen Taxigeld in der Tasche, und du bist ein Fürst.

IN EINFAHRTEN gezwungene Paare küssen sich, vom Kino animiert. Einer von ihnen sagt eins, zwei, drei, und sie machen einen Ausfall aus dieser neuesten, engen Zuflucht. Nach wenigen Schritten werden sie daran erinnert, wie kalt der Regen ist. Beim nächsten Außenposten bleiben sie stehen, um Atem zu holen, und vergessen, wie kalt der Regen ist. Das ist der Anfang ihrer langen

Krankheit. Das Wasser würde die Verpackung ruinieren, deshalb birgt er das Geschenk unter seinem Mantel, was seinem Bauch die Konturen einer absurden Schwangerschaft verleiht. Sie versteckt sich im Bushäuschen. Sie ist seit Jahren nicht mehr Bus gefahren und verspürt ein heimliches Grauen. Gegen andere Leute gepreßt: wozu hat man eigentlich Geld. Im Trockenen machen sie Pläne. Er weiß nicht, wo er hinsoll, weil der Zettel naß geworden ist, und jetzt ist die Adresse verschmiert. An Kreuzungen hilflos. Sieh mal all die Trenchcoats – das ist der Kongreß der Detektive, die endlich gekommen sind, um alle unsere ungelösten Rätsel zu knacken. In sämtlichen Fenstern, auf die Fensterbänke gelehnt, schauen die Trockengebliebenen auf die Straße hinunter und denken: Wie gut, daß ich nicht da draußen bin. Als hätten sie keine Probleme. Das Fenster nebenan ist nur einen Spaltbreit geöffnet, aber es reicht schon, damit der Boden naß wird, ehe sie es bemerken.

ALS MENSCH von liberalen Überzeugungen hat er diesen Schirm bekommen, indem er dem öffentlichen Rundfunk Geld zusicherte. Der Schirm tut kund, daß er den öffentlichen Rundfunk unterstützt. Hat eine dazu passende Reisetasche. Nun wird niemand mehr vermuten, daß sie geweint hat. Eine Straße weiter wird deutlich, daß sie nicht beide unter den kleinen Schirm passen und einer mit nur einer trockenen Schulter auskommen muß. Ist das das Ende ihrer Liebe? Der Wochenend-Camper marschiert in passender Kleidung durch. Das ist weder eine Felswand noch eine Schlucht, und er ist gut ausgerüstet. Sie kann nichts sehen, weil ihre Brille ganz naß ist, also nimmt sie sie ab und blickt mit zusammengekniffenen Augen durch den Niederschlag. Sobald sie drinnen ist, wird sie Servietten gebrauchen. Außerstande zu entscheiden, welche Seite des Bettes bequemer ist, werfen sich die Scheibenwischer hin und her, dünne Rastlose. Wie rasch die Zeitung über seinem Kopf zu einem durchweichten Klotz wird. Trotz der einschlägigen Klischees hält sie ihn überhaupt nicht trocken. Blickt er von Straßenhöhe aus hinauf in die Wolken, ist jeder sich nähernde Tropfen verlängert, ein Komet, bis er seine Wange trifft und zerplatzt. Auf seinen Lippen schmeckt er gar nicht mal so schlecht. Ein Tropfen trifft ihn ins Auge und sticht heftiger, als bloßes Wasser es dürfte. Er blinzelt. Unter Fensterbänken ziehen sich schwarze Schlieren herab. Jedes Gebäude eine Kokette, ein von Industrie gepudertes Gesicht. Diese sogenannte Reinigung läßt mehr zurück, als sie abwäscht. Andererseits sind nur wenige Dinge so, wie sie uns angepriesen werden.

NEUE SOCKEN färben nasse Zehen blau. Die Schuhe brauchen ewig zum Trocknen. Als es das letzte Mal geregnet hat, hat er sie unter die Heizung gestellt, und Stunden später waren sie verkrümmt und verzogen, als wäre es eine Qual, das Wasser loszuwerden. Das nächste Mal wird er an das Imprägnierspray denken. Es ist in jeder Drogerie zu bekommen. In ihrer Voraussicht bestätigt, macht sie sich Gedanken über die Herkunft des Wortes »Galoschen«. Natürlich ist es lächerlich, mit über den Schuhen festgezurrten Plastiktüten herumzulaufen, aber haben Sie eine Ahnung, wieviel die Dinger kosten. Die Pfütze am Bordstein ist tiefer, als sie aussieht, ein urzeitlicher See. Beim Versuch, sie zu überspringen, kommst du nicht weit genug, und die Lagune ergießt sich in deine Schuhe. Heute nacht werden die zusammengeknüllten Knäuel seiner Strümpfe trocknen und zu schmuddeligen Fäusten erstarren, sie werden unter den Schreibtisch geraten, sich monatelang dort verstecken und schimmeln.

ER STEIGT die Treppe hinauf, und ihm wird klar, daß sich die ganze Welt verändert hat, während er in der Subway war. Es ist alles grau. Die Aufschläge fest zusammenziehen. Nur die Wasserspeier oben auf den Dächern machen einen zufriedenen Eindruck. Wenn du Glück hast, wirst du nach deinem Tod selbst einer, dann kannst du für alle Ewigkeit hier rumhängen. Er sagt: Bei dem Geld, das die Wetterfritzen verdienen, müßten sie zur Abwechslung eigentlich mal eine richtige Prognose hinkriegen. Erinnert sich nur an Katastrophen. Der Lagerist zerreißt Pappkartons und legt mit den Stücken den Ladeneingang aus. Alle unsere eitlen Gesten. Es freut den Boß, so hat man das früher gemacht. Der Zeitungsverkäufer wird gut mit all den nassen Scheinen fertig. Aber keiner will eine feuchte Zeitung kaufen. Die Stapel sind naß geworden, ehe er sie abdecken konnte. Bei der Konkurrenz auf der anderen Straßenseite stapeln sich die Nachrichten unter einer durchsichtigen Plane. Die Stärkeren überleben, aber der ist auch nicht mit einem schwachsinnigen Neffen geschlagen. In der Telefonzelle Vorbereitung auf den nächsten Ausfall. Da hat man das ganze Geld für den Friseur ausgegeben, und nun das. Sie werden sich die Füße an Matten abstreifen und trotzdem Böden versauen. Zwillinge tragen identische gelbe Regenmäntel, aus denen identische Nasen lugen. Was ist das da in der Tasche des Regenmantels. Offenbar hat er, als es das letzte Mal regnete, eine romantische Komödie gesehen.

AN DER ECKE ist er schlimmer, fährt ihnen ins Gesicht wie Nadeln oder eine Strafe für begangene Missetaten. Der Wind wirbelt ihn durcheinander. Sobald sie einen

Parkplatz finden, beschließen sie zu warten, bis er aufhört, und treiben es solange miteinander, die Rückenlehnen in unbequemem Winkel zurückgekippt. Eine Brustwarze stupst einen Daumen an. Sobald der Motor abgestellt ist, können sie den wahren Zaubergesang des Regens auf dem Wagendach hören und umklammern einander fester. Hier sind wir in Sicherheit. Man kommt immer wieder auf das Wetter zu sprechen. Unter dem Gerüst reichen die Gespräche zwischen Fremden von Grunzlauten bis zur Anbahnung echter Beziehungen. Ganz vom Glück abhängig. Da ist eine undichte Stelle. Von Block zu Block zeigen die Leute ein Sortiment von Schritten, jede Spielart zwischen Gehen und Rennen. Jeder verfügt über eine persönliche Strategie, wie man sich bei diesem Wetter am besten fortbewegt. Die Besten haben es schon lange aufgegeben. Die Besten hören auf, gebeugt zu gehen, sie stehen gerade, sie weichen nicht mehr aus, sie nehmen es, wie es kommt. Offensichtlich ist es ihnen bestimmt, naß zu werden, also fügen sie sich. Es ist, als ließe man etwas los und der Zufall wirkte ein kleines Wunder. Mit ihrem trotz des Wolkenbruchs langsamen, natürlichen Gang werden sie von den Vernünftigeren gemieden, die, von diesen seltsamen Geschöpfen beunruhigt, rasch um sie herumgehen. Bürger einer besseren Stadt.

ES HÖRT AUF. Vom Fluß aus kann man die Wolken über angrenzenden Stadtteilen hocken sehen. Was sich ereignet hat, ist jetzt ein Problem für Abwasserkanäle, aus den Augen, aus dem Sinn. Den Schirm mehrmals rasch auf- und zuklappen, als könnte man so das Wasser verscheuchen. Er pulsiert wie eine Qualle in öden Tiefen. Sie versucht, das Riemchen an ihrem Schirm zu schließen, verliert in den Falten aber immer wieder den Druckknopf. Jetzt hat sie ganz nasse Hände. Manche Leute glauben nicht so recht daran und lassen ihre Schirme noch eine ganze Weile offen, bloß für alle Fälle. Sie kommen aus dem Kino, sagen zueinander: Hat es etwa geregnet?, und deuten dabei auf Pfützen. Ja, sie sind sich sicher, da war irgendwas, und sie haben es verpaßt.

Broadway

ER MACHT DEN GANG einmal im Jahr. Ein Ziel kann es nicht geben. Auch keinen Stadtplan. Wenn man lange genug hier lebt, hat man einen Kompaß. Wer von ihnen kann sich beschweren, einheitliches Wetter zeitigt überall die gleichen Sätze: Schön hier draußen, nicht wahr. Von Stadtteil zu Stadtteil. Also geht er. Er wird an diesem Tag keine Fragen stellen. Die Straße wird diesen Tag nicht in ein Schema pressen. Laß es einfach laufen. Das sind die Bedingungen des Waffenstillstandes, den er mit dem Broadway geschlossen hat.

GEHEN. Die Hände in den Taschen oder durch diese Brandung rudernd. Es spielt keine Rolle. Keine Tricksereien. Nur Trottel versuchen, den Broadway reinzulegen, und es endet immer mit einer einfachen Fahrkarte aus der Stadt hinaus. Auf Stangen nennen Straßenschilder Entfernungen. Die Namen bedeutender Männer halten Straßenschilder besetzt, bis sie von Zahlen verbannt werden. Wenn ihnen die Namen ausgehen, entscheiden sich Kreuzungen für die Mathematik, aber was für Gleichungen ergeben sich aus so ungleichen Ausdrücken, Broadway mal Elfte Straße ist gleich wieviel? Muß meinen Abakus in der anderen Hose gelassen haben. Schilder brüllen »Letzte Chance« und »Alles muß raus«. Für eine begrenzte Zeit kannst nur du mein Herz haben, auf Anzahlung. Um ihn herum haben sie alle Abzahlungspläne, Zahlungsmodalitäten für das, was sie wollen. Und worauf ist er aus? Er geht.

SCHÖN HIER DRAUSSEN, nicht wahr? Kinder meiden Ritzen im Bürgersteig, aus Angst, ihre Mütter könnten eine Wirbelsäulenverletzung davontragen. Wie ein Kind einfach geradeaus gehen, ganz gleich, wer oder was einem in den Weg gerät. Ein Gelübde gegen Ausweichmanöver. Mal sehen, wie lange man das durchhält. Hindernisse behindern, sowohl die auf der Straße als auch die, die er mit sich herumträgt. Schau dir das ganze Zeug in den Ritzen im Bürgersteig an. Organisieren wir einen Salut für all das tapfere Unkraut in dieser Stadt. All die anonymen, strotzenden Streiter mit ihren unverzagten Schößlingen, die an den unwahrscheinlichsten Stellen Fuß fassen. Solche vorbildlichen Bürger. Samen suchen Schmutz, kein Mangel an Schmutz, keine Knappheit an Ritzen für Schmutz. Schließlich ist das alles hier dabei, aus dem Leim zu gehen. Wenn du aufmerksam lauschst, kannst du es hören. Tag für Tag trägst du dazu bei. Du glaubst, diese Stadt saugt das Leben aus dir heraus, dabei ist es genau umgekehrt. Dieser Busen.

GEH UND ZÖGERE in seiner riesigen Furche. Er hat sich quer durch die Stadt gepflügt, durch Rechtwinkliges gefräst. Diagonal durch erschrockene Avenues, dabei Parks aus dem Weg gescheucht und Gebäude in Bügeleisenform gequetscht. Nachts eine gutbeleuchtete Narbe. Bei Tageslicht der Everest. Geht alle. Wir ächzen und stöhnen. Als wäre diese Straße nicht mehr oder weniger eben, sondern ein Dschungelpfad. Erst Stunden zuvor hat der Berufsverkehr eine Schneise gebahnt. Für sie getrampelt, Steigungen abgetragen, sich vertan. Aber seither ist das Unterholz hochgeschossen, schlägt nach Augen, hat Fußabdrücke überwuchert, und mittlerweile sind sie alle Kundschafter, die tückische Zweige zurückbiegen. Eingeborene wie Touristen schlagen nach allerlei Mücken. Er wohnt hier schon sein Leben lang. Manchmal fährt er weg, aber sprachbegabt war er noch nie, und einen Meter hinter der Staatsgrenze spricht man schon eine Fremdsprache. Touristen entdecken, was er für selbstverständlich hält. Sie malträtieren Reiseführer und streiten, sagen: Hier sind wir doch schon gewesen, bewegen sich in Kreisen wie die erfahrensten Veteranen. In dieser Stadt landet man immer da, wo man losgegangen ist. Gib dich damit zufrieden, den Radius nach und nach zu erweitern, mehr ist nicht drin. Er wohnt hier schon sein Leben lang, Freunde fliehen, und auch sie ist geflohen, doch der Broadway ist immer noch da. Er geht und hält dagegen. Nicht nachlassen, vielleicht erweiterst du dann deinen Radius. Genieße schwer errungene Zentimeter.

AN ECKEN GEFANGEN, während er auf Grün wartet. Sie holen ihn ein. Warum sich die Mühe machen zu überholen, wo sie doch allesamt hinterlistige Schildkröten sind, wie man sie aus der Fabel kennt. Hey, da kommt die Liga der sexy Mütter. Schieben Kinderwagen, die sie an den Bordsteinen kippen, steuern Nachwuchs übers Pflaster. Wieder geborgen und unwissend zu sein. Winzige Finger grabschen Luft über Bettchen. Leute versuchen, anderer Leute Babys zum Lächeln zu bringen, während sie darauf warten, daß die Ampel umspringt. Fremde sind stets verschwommen. Eine Brigade schwangerer Damen watschelt mit Würde. In drei Monaten werden sie zu sexy Müttern erblühen, doch erst einmal suchen sie den Laden, der Kleidung für ungeborene Bürger verkauft. Uniformiert sie rasch in Schwarz. Besorgt darüber, in welchem Postbezirk sie landen werden, klopfen Föten in Morsecode gegen Membrane: Nur Dummköpfe wohnen zur Miete. Zu jung, um zu wissen, daß die Gebärmutter einen auf die Größenverhältnisse eines Einzimmerapartments vorbereitet. Über Größenverhältnisse nachdenken, dieser Schwachsinn des Verstädterten. Der Himmel hat soundso viele Quadratmeter, wenn man ihn zwischen

Gebäuden sehen darf. Und jetzt alle miteinander: Wir sind übers Ohr gehauen worden. Aber zu diesem Zeitpunkt aus dem Mietvertrag auszusteigen ist unmöglich.

DIE AMPEL SPRINGT auf Grün, und wieder verspürt er diesen Wunsch: daß jeder Schritt, den er jemals gemacht hat, einen Neonabdruck hinterlassen hätte. Jeder Schritt, vom ersten bis zu diesem hier. Auf diese Weise könnte er sich einholen, sich selbst durch Stadt und Jahre nachspüren. Sehen, daß er das letzte Mal, als er hier entlanggekommen ist, beschwipst oder verliebt war. Hier entschlossen, dort ziellos, ohne festen Bestimmungsort. Könnte er seine Fußabdrücke sehen, würde er seine noch unerforschten Gebiete kennen, würde wissen, was bis jetzt war und wohin er niemals zurückkehren darf. Seit dem letzten Mal sind einige der alten Läden verschwunden. Was an ihre Stelle tritt, glänzt und schimmert wie neue Schlüssel. Neue Schlüssel passen in neue Schlösser. Hier kommt es selten vor, daß das neue Geschäft weniger anspruchsvoll ist, und wenn er selbst und seine Ideen sich doch nur wie Immobilien entwickelten: immer weiter nach oben. Gott weiß, daß er versucht hat, mit dem sich wandelnden Markt Schritt zu halten, aber sein neues Hemd wird auch nicht viel bringen – kaum eingetreten, erkennen sie die gleiche alte Ware und zögern. Er hat zusammengefegt, in seinem Verstand wird es manchmal so trübe, aber sie werden seine Neuerungen gar nicht bemerken, und er betreibt ein totes Handwerk, etwas, woran nur noch alte Telefonbücher erinnern. Grobschmied, Scherenschleifer. Geh schneller.

GEH BIS zum Umfallen. Vorbei an Lokalen, in denen er nur einmal und nie wieder war, eine Pizzeria, ein Schnellimbiß, die an einem Nachmittag oder Abend Zuflucht boten, weil er nicht zu früh kommen wollte, weil er zwischen zwei Terminen etwas Zeit hatte, weil ihn die große Angst gepackt hatte. Zehn Minuten oder eine halbe Stunde lang lungerte er am Tresen herum, von Kellnerinnen ignoriert oder Gebäck knabbernd, einmal und nie wieder, und jetzt ist der Laden auf Jahre hinaus ein Denkmal dieses Tages, die Fenster ein bißchen schmutziger, die Schilder ein bißchen verblaßter, bis er eines Tages ein Zoogeschäft sein wird. Geh ohne Gedanken an diesem neugestalteten Fenster vorbei, vergiß, daß du hier jemals haltgemacht hast. Der Besitzerwechsel beweist, daß deine früheren Ichs nicht mehr hier wohnen. Glaub das, und setz damit die Wahrheit auf die Straße.

IN SOLCHEN MOMENTEN kann es guttun, sich ein paar Verse aus dem neuesten Selbsthilfebuch ins Gedächtnis zu rufen. So nahe am Broadway zu wohnen, Tag für Tag in seiner Strahlung. Das macht einen irgendwann krank.

In diesem Abschnitt halten die Türsteher das befallene Gesindel fern, sondern es ab von den verwöhnteren Erkrankten in den oberen Etagen. In jenem Abschnitt wird das Geschirr erst gespült, wenn alle drei Teller schmutzig sind, wodurch den Mietern Zeit bleibt, verlogene Postkarten zu kritzeln, die sie an Orte schicken, die sie nie hätten verlassen sollen. Und wer wohnt auf deiner Etage, die diversen Kurzzeitmieter und Eigenbrötler. So ein merkwürdiger Haufen. So dünne Wände in diesem Haus. Zorn und Mitgefühl sind seit Jahren Nachbarn, belauschen Kräche, geben mißbilligende Laute von sich, haben einander aber seit Jahren nicht gesehen. Einige von ihnen bleiben nicht lange. Der Optimismus zahlt schon eine ganze Weile keine Miete mehr, aber der Zyniker im Penthouse geht erst, wenn er von Vollzugsbeamten abgeführt wird. Sie schleppen ihre Koffer die Avenue entlang, wieder mal auf Achse. Billigere Quartiere gibt es immer, wenn man bereit ist, seine Prinzipien aufzugeben. Hier unterschreiben. Anzahlung leisten. Sie werden die Kreditwürdigkeit deiner Seele überprüfen.

GEH, BIS dein Herz schwer wird vor Last. Er hat seine mit Erinnerungen befrachteten Ecken – an manchen Stellen, an denen er vorbeikommt, überläuft es ihn kalt. Ihr erstes Rendezvous in diesem Restaurant, ihr letztes in jenem Restaurant. Seine Ex hat hat mal da im ersten

Stock gewohnt. Auf dieser Treppe haben sie es miteinander getrieben, und Passanten schmähten seine Technik mit Zwischenrufen. Er mußte unbedingt dieses Telefonat führen, es war sehr wichtig, und auf den Telefonzellen in dieser Straße lag ein Fluch, die Apparate funktionierten nicht, verschlangen Münzen, die reinste Katastrophe. Er hat seine mit Erinnerungen befrachteten Ecken, und du hast deine. Meide sie, denn du willst nicht erinnert werden. Ein Bürgersteig, der von einer Nacht weiß, die man besser vergißt. Schlaglöcher, die dich an eingesunkene Stellen in deinem Geist erinnern. Sieh das Ganze heute und verkünde: Dieser Block kann mir nichts anhaben. Frei zu sein von allem, was vorher war, dein Gesicht nach dem Klischee dieses Ortes formen. Such dir dein Ich aus. Werde berühmt und gefeiert. Werde ein moderner Künstler: Such dir eine belebte Kreuzung aus und erkläre sie zu deinem Meisterwerk. Die Kritiker sind begeistert, applaudieren deiner Farbgebung, fragen sich, wie du die Gesichter so hinbekommen hast. Eine Unterströmung von großstädtischer Entfremdung, sagt einer. Wie alle bedeutenden Kunstwerke hatte man sie die ganze Zeit vor der Nase, doch jetzt sieht man sie zum ersten Mal. Wie alle bedeutenden Kunstwerke wird sie dich überdauern.

AN DIE STADT erinnert sich jeder. An manche erinnert sich auch die Stadt. Mit jedem Schritt verschwindet er ein bißchen mehr. Wer ist er in dieser Menschenmenge? Finde ihn heraus aus dem Pöbel. Wäre es nicht komisch, wenn sich die Stadt tatsächlich um dich scherte? Wenn du dir gegen jede Wahrscheinlichkeit einen Namen machtest, wenn all dies Schritteunternehmen in Wirklichkeit ein Almosengeben wäre und dieser Ort dir in einem unwahrscheinlichen Moment nach all den Jahren lächelte? Es würde einfach so passieren, an einem Tag wie diesem, wenn du zwischen zwei Ecken stehst und es plötzlich losgeht. Jedes Gebäude ist irgendwie ein Ort, an dem du einmal gewohnt hast, zwischen den Vorhängen lugen gute Zeiten hervor. Alle Ampeln sind übereingekommen, dir rasches Weiterkommen, sicheres Weiterkommen zu gewähren. Das wäre doch etwas. Er stolpert. Seine Schnürsenkel sind aufgegangen. Schließlich sind wir hier auf dem Broadway, und der ruiniert einen nach und nach.

GEH WEITER. Solche Sachen ergeben sich einfach, was soll man als Junge da machen. Kennen diese Mannequins denn keine Scham? Was haben sie denn da an, was ist eigentlich mit ihren Nippeln los, und können wir uns verabreden? Wenn es bloß Gesetze gäbe, mit denen man seltsame Gedanken auf einzelne Bezirke beschränken

79

könnte. Damit sie in anderen Vierteln bleiben. Erst ein paar Straßen weiter wird der Sadismus des Schuhdesigners offenbar. In Läden Sachen kaufen gehen, auf Straßen Leute kaufen gehen. Du weißt, was du auf deiner Haut willst. Was du dir aussuchst, wird verschleißen. Vergiß diesen Häuserblock, da gibt es nichts in deiner Größe. Gegenüber gibt es immer noch einen, vielleicht ist es da besser. Geh rasch hinüber und drück dir die Daumen, sag dir: Vielleicht ist es im nächsten Block besser.

DA HABEN SIE die Szene aus diesem Film gedreht, du weißt doch, der über diesen Typ. Schließlich ist die ganze Stadt nur falscher Schein. Er ist nicht berühmt, sondern sieht bloß so aus, und mit diesem Pfund wuchert er gnadenlos. Die eigentlichen Berühmtheiten lassen verrenkte Hälse in ihrem Kielwasser zurück. Ich wußte gar nicht, daß er so klein ist. Der unzensierte Director's Cut seines Gemütszustandes enthielte mehrere Schießereien, sicher mehr als einen Schlag über den Schädel und unzählige Karambolagen. Aber dafür hat er nicht das Budget, deshalb muß er sich mit billigen Spezialeffekten zufriedengeben, mit wahnsinnigem Gehupe und obszönen Gesten. Eine Einstellung ungeprobtes Chaos, Kamera ab, Ton ab. Um ihn herum veranstalten Leute ihre Musicals, rekrutieren Komparsen aus der Schar der Umstehenden, besetzen Nebenrollen in ihren aufwendigen

Technicolor-Ausstattungsfilmen. Keine Duette, wenn ich bitten darf, niemand sonst soll sich im Scheinwerferlicht in Szene setzen. Die anderen Fußgänger nehmen ihre vorgesehene Position ein, fallen tot um, und er ist der letzte Überlebende in einer einsamen, endlich für die Bühne bearbeiteten Stadt. Tanz über hingestreckten Körpern, während die Musik anschwillt. Jedes vorbeikommende Auto plärrt den unentrinnbaren Hit dieser Saison. Dieser Sender mit seiner von Schmiergeld beeinflußten Musikauswahl. Ein Auto fährt vorbei, und ein anderes Auto oder eine Ladenfront nimmt den Rhythmus auf, damit man den Text auch ständig auf den Lippen hat. Wie heißt der Song überhaupt?

GEH, UM ES DIR über die Füße klarzumachen, wie beim Keltern. Aus Gossen rufen Ratten im Gossenchor: Das Leben ist ein Streit mit der Welt um Zeit. Wenn irgendwer zuhörte, wäre es den Atem wert. Leute an Mobiltelefonen bemerken, daß sie schon einige Häuserblocks zuvor getrennt worden sind, und fragen sich, ob sie den Mut haben, ihre Worte zu wiederholen. Vermischte Botschaften, verlorene Signale. Die Herren der Reklametafeln mischen Botschaften und Verlockungen, tyrannisieren hoch über Straßenniveau. Anatomische Details in Airbrush-Technik. Er erfährt von einer sensationellen neuen Behandlung oder sonst etwas Unverzichtbarem.

Weil er keinen Stift dabeihat, versucht er sich die Telefonnummer einzuprägen, spricht sie sich in einer Art Singsang vor, bis ordinäre Liedchen sie beiseite drängen, das Fagottgrollen der Busse, die es noch über die Ampel schaffen wollen, hochhackige Kastagnetten auf Zement, und bald bleiben ihm nur noch zwei Ziffern und seine eigene aussichtslose Sache. Wenn er das Geld hätte, würde er seine Schwäche auf jeder Reklametafel an den Ziegelsteinwänden der Vorkriegsgebäude bekanntmachen und die Wuseligen und geistig Verwirrten engagieren, damit sie an belebten Ecken Broschüren verteilen: Das bin ich. Aber kein Mensch würde die Ware kaufen, denn sie suchen auf Reklametafeln das, was sie nicht haben, und Spiegel habe ich zu Hause genug. Kauf in dieser Stadt irgend etwas, und es läuft bloß auf leere Plastiktüten hinaus. Leere Plastiktüten häufen sich zu weichen, weißen Bergen. Wo ist die Bürgerwehr oder Hilfspolizei, die unsere Straßen von diesen leeren Plastiktüten befreit. Hüllen des Bedarfs. Knüll sie ineinander, um Platz zu sparen. Zerquetsche alle deine widerspenstigen Dinge. Mach Wein daraus.

MAN BRAUCHT die Beine eines Riesen, um vorwärts zu kommen, aber es ist unbestreitbar: Er geht schneller. Ohne es zu wissen, hat er einen Zugang zum Rhythmus der Straße gefunden, und geht dieser Takt nicht direkt ins Ohr, macht seine Füße zu Vorschlaghämmern, schafft sie als Schlagwerkzeuge neu? Tretet zur Seite, ihr städtischen Tölpel, geht weiter, ihr trödelnden Bürger. Er kommt durch, hat genau das richtige Tempo. Rot springt auf Grün, sobald er auf den Bordstein tritt. Die größten Lieferwagen bleiben stehen wie stutzig geworden, unterbrechen ihre Tour. Ladenbesitzer machen früher zu, um einen Blick zu erhaschen, bevölkern den Bürgersteig und schwenken Fahnen für ihn, davon kann man noch seinen Enkeln erzählen. Kein Hund hat seinen Weg verunreinigt, er läßt sich nicht beirren, und jetzt setzt so richtig das Orchester ein, nun bekommt er doch noch sein Musical, mit geschmeidigen Bewegungen wirbeln sie in ihren Smokings und Ballkleidern herein, alle Proben auf diesen Moment abgestimmt. Das ist meine Stadt. Er ist der König des Broadway, beschwört Hymnen aus Schlaglöchern und Kanalgittern. Die Infrastruktur ist schwach und veraltet und nur an einer Stelle solide – unter seinen Füßen. Sie wird ihn erheben. Es gibt eine Rüstung, die die Stadt einen zu tragen zwingt, und nun seht ihn euch an, wehrlos, Brustpanzer und Helm schon einige Häuserblocks zuvor abgeworfen, kein Feindesarm stark genug, den Pfeil abzuschießen, der seine Haut durchdringen könnte. Er macht alle zu Feiglingen. Wir wollen uns verneigen. Niemand verneigt sich. Dieses Königreich ist innerlich.

ER GEHT, und dann wird er langsamer. Irgendwie müde. Und ganz schön Kohldampf. Speisekarten in Fenstern auf Herzhaftes mustern. Die Preise sind gesalzen, er sieht in seiner Brieftasche nach und wird, als er in seine Tasche faßt, wieder zum Sterblichen, reduziert auf das, was er an Miete zahlt. Kein Schlendern mehr, er muß stehenbleiben, denn der Broadway gewährt dies nur einmal im Jahr, und das widerwillig. Es ist die kleine Kostprobe, derentwegen sie weitermachen und Jahr um Jahr bleiben – wegen dieser entscheidenden Nachmittage. Er gewährt das. Der Broadway ist großzügig und weiß, er würde versiegen, wenn er nicht austeilte. Diese gelegentlichen Geschenke kosten nichts. Schrecklich und großzügig. Der Broadway weiß, daß jeder Schritt sein Herzschlag ist, daß wir es sind, die sein Herz schlagen lassen, daß er Dummköpfe und Bürger braucht, um seinen Kreislauf in Gang zu halten. Der Broadway weiß, er wäre leer, wenn dieses Geheimnis je herauskäme, deshalb gewährt er ab und zu einen flüchtigen Blick. Sie kosten nichts, diese harmlosen Turniere.

NÄCHSTES JAHR wird er wiederkommen. Ungefähr zur gleichen Zeit, je nach Wetterlage und seinem eigenen inneren Klima. Weil sie einander verstehen, er und der Broadway. Einmal im Jahr wird er kommen, bis er stirbt und ein anderer seine Stelle einnimmt. Die Füße bewegen. Gehen und gehen. Das sind die Bedingungen des Waffenstillstands, den er mit dem Broadway geschlossen hat.

Coney Island

EINE SOLCHE VIELFALT von Gerüchen bedeutet, daß es Sommer sein muß. Es ist der glühendheiße Asphalt, dem sich diese pikante Note verdankt. Endlose Qual, bestimmt ist dieser Planet dabei, in die Sonne zu stürzen. Manche tollen wie Schwachsinnige vor aufgedrehten Hydranten, andere fahren in Richtung Stadtrand. Nach Süden, an den Strand, wo ein Besen aus salziger Luft diese elende Niedergeschlagenheit wegfegt. Und so geraten sie ans untere Ende des U-Bahn-Streckenplans und sammeln sich dort wie Kleingeld unterschiedlichen Werts. Was sie unter ihren Füßen vorfinden, ist kein Pflaster, sondern etwas Schwankenderes.

SÄMTLICHE SONNENBRÄNDE von morgen lauern im Hinterhalt. Köpfe schnellen hin und her, während sie den richtigen Platz suchen. Heimstätte und Landraub. Das muß der richtige Platz sein. Versuche, dich an deine persönliche Formel für Bequemlichkeit am Strand zu erinnern, die ganze Handtuchgeschichte. Auf dem Backblech brutzeln. Wie man Menschen anrichtet. Sandige Hinweise auf den letzten Strandbesuch kleben am Hals der Sonnencremeflasche. Einstimmige Frage: Kannst du mir den Rücken einschmieren? Die Sonne bringt diesen Schmelztiegel heftig zum Kochen, fördert alles zutage, die alten Liaisons, die verborgenen Teints. Dieses zusätzliche Reifen. Die Stammeskämpfe aus grauer Vorzeit sind darauf reduziert, wie die Nachkommen sich gegen ultraviolettes Licht behaupten. Die Leute betonen bestimmte Vorstellungen, die sie von ihrem Körper haben, über zu enge Oberteile, Badehosen und T-Shirts. Zieht alles aus und vergeßt eure Lieblingsnarben nicht.

ALLES VERSCHWINDET im Sand. Im Sand verirren sich Gegenstände genauso, wie sich Leute auf der Straße verirren. Die Gestade der Neuen Welt bieten Zuflucht. Das hier ist der gemütliche Alterssitz für Dosenverschlüsse, die schon seit Jahren nicht mehr hergestellt werden, Zigarettenstummel, die schon bessere Tage gesehen haben, Gliedmaßen von Krabben. Aus unberührten Ländern treibt Holz herüber. Eingebürgerte Styroporstücke rezitieren beim geringsten Anlaß Gelöbnisse und Namen von Präsidenten. Schmutzige Möwen gehen auf Streife, weichen Seegras-Pennern und ihren rührseligen Geschichten aus. Man munkelt, dort drüben esse jemand ein Sandwich. Aasfresser picken drauflos, führen erfolglose Einsätze durch. Fliegen summen und hüpfen über die Toten und vermeintlich Toten. Der Spinner mit dem Metalldetektor folgt einem Zickzackkurs, in Anwendung einer effektiven Suchmethode oder aus Gewohnheit, um den Wurfgeschossen von Teenagern auszuweichen. Sein Nettoverdienst ist erstaunlich. Die Anzahl der heute verlorengehenden Hausschlüssel wird im Durchschnitt der täglich verlorenen Hausschlüssel liegen. Heuchler beschweren sich über die Qualität des Sandes, als wären nicht auch sie Verunstaltungen seiner Weite, Aasfresser, die dem Nachmittag kleine Fetzen Gemütlichkeit abreißen.

FRONTLINIE in der alten Blutfehde zwischen Stadt und Natur. Auf welcher Seite stehst du? Jedes Körnchen ein Aufklärungskommando, das nach Schwächen sucht und Bericht erstattet. Hier einige Stellen, wo Sand hingerät: Augen, Sandwiches, Schuhe, unter Betten, Kopfhaut, Teppiche, Autoböden. Schritt, Hirnstämme, Stellen, wo Entscheidungen getroffen werden. Kinder mit Eimern schaffen diesen Haufen Sand von hier nach da, um den heimlichen Plan der Gezeiten zu vereiteln. Äonenlanges Entstehen, und nun ist alles zerstört. Die Regel ist: Gewalt mit Absicht, Schönheit per Zufall. Ihre Burgen erheben sich stolz auf schlammigen Parzellen, doch trotz ihrer Begeisterung schlägt nur ein sehr kleiner Prozentsatz dieser Kinder eine Laufbahn in der Bauwirtschaft ein, höchst seltsam. Es sind Sommerferien, aber der Sand lehrt Elementares. Was sie formen, sind Städte, wenngleich weiche Miniaturausgaben. Der Natur auferlegte menschliche Ordnung. Sand rinnt durch Finger, aber keiner versteht den Wink. Unsere jugendlichen Übungen. Was sie bauen, hat keinen Bestand. Fragile Skylines werden zu leicht zerstört.

DIESER STREIFEN trägt einen der magischen Meridiane der Welt huckepack: Schwimm immer weiter, und du landest in England, grab immer weiter, und du landest in China. Heißt es jedenfalls. Kinder bewegen sich wie Jo-Jos am Wasser, laufen hinein, wenn es ungefährlich erscheint, und zurück, wenn eine Welle sich nähert. Deprimierende mechanische Regelmäßigkeit. Ahmen Eltern und grausames Pendeln nach. Manchmal zermahlt dich eine Arbeitswoche zu Sand, pulverisiert dich zu kleinen Partikeln. Wer in der Nähe von Schnellstraßen wohnt, erkennt das Geräusch von Wellen wieder. Der Ozean handelt mit Ebbe und Flut, das ist sein Geschäft. Eltern drängen sich danach, dem Nachwuchs das Schwimmen beizubringen. Mach die Augen zu. Das war doch jetzt gar nicht so schlimm, oder? sagt die Mutter zum Kind. Es spuckt Salzwasser aus. Kabbelung und Unterströmung sind die Hände der Welt, die nach dir greifen, um dich vor Städten und ihrem Einfluß zu retten. Die unsichtbare Infrastruktur der Wellen. Ereignisse, die sich tausend Meilen weit entfernt zugetragen haben, finden ihren endgültigen Sinn in diesen sanften kleinen Folgen, die sich am Ufer zeigen. Mach den Toten Mann und falle aus der Gesellschaft heraus, kein Geräusch, kein Gewicht, nur du und die Kräfte, die dich hierhergetragen, dich abgesondert haben. Ankerlos. So geborgen. Ist es möglich, hierzubleiben, der Stadt zu entsagen, in die andere Richtung zu schwimmen. Die Richtung ihrer letzten Schwimmstöße an diesem Tag ist ein Lehnseid. Sieh mal, die hübsche Muschel.

SOGAR HIER DRAUSSEN den Nachbarn noch zu nahe. Horizontale Mietskaserne. Haß auf Nachbarn, ihr lautes, ungehobeltes Gerede und ihre unseligen Liedchen. Neid auf Nachbarn auf ihrer gutausgerüsteten Expedition. Ja, die wissen, wie man das richtig macht, mit ihrer unverwüstlichen Kühltasche und ihren hochmodernen Klappstühlen. Was werden sie als nächstes hervorzaubern, einen Grillmaster 9000 oder bloß einen berühmten Koch. Gerade hast du dich gemütlich niedergelassen, da macht ein Windstoß oder ein Rowdy alles kaputt. Die Kränkung, die Mack zum Mann gemacht hat. Bitte zurechtrücken: Körperteile, die sich aus Badeanzügen quetschen, Körperteile, die natürliche Reaktionen auf den Temperaturwechsel zeigen, die schüchternen Ränder von Handtüchern, deine Einstellung, die geht mir nämlich auf die Nerven, ich mache mir die ganze Mühe, warum kannst du dich zur Abwechslung nicht mal freuen. Wahrscheinlich nicht der richtige Zeitpunkt für eine erotische Träumerei, aber der Anblick sagt etwas anderes. Was die alles verstecken, wenn sie sich in der Zivilisation feinmachen. Nicht blinzeln, sonst verpaßt du es – die jährliche Liebesbekundung dieses Vaters gegenüber seinem Sohn. Das zu sehen gleicht einem Blick in die Sonne. Es kann dich blind machen.

DORT DRAUSSEN schaffen langsame Kähne alte Reifen und Exilanten fort, schwarze Pfeile segeln durch blaue Luft. Hölzerne Vorrichtungen sorgen für sicheren Halt. Entlang den Seiten des Landungsstegs spießen Angler Hoffnung auf Haken, werfen die Köder aus, warten auf ein leises Knabbern. Entlang dem Pfahlwerk des Landungsstegs klammern sich, zäh wie von Mietpreisbindung Begünstigte, Entenmuscheln fest. Überall auf der hölzernen Strandpromenade legen Besucher ihre Reisegeschwindigkeit fest. Unter der Strandpromenade verstaut man gescheiterte Bürgermeisterkandidaten. Die unwahrscheinlichsten Muschelbuden. Hot-dog-Verkäufer für die ganze Welt. Was vor hundert Jahren für Bürger galt, gilt auch heute noch. Eine Generation nach der anderen staunt über die Salzluft, als wären sie die ersten, die sich dazu äußern. Die seltsamen Gefühle, die das Neuartige eines Horizonts nach so vielen horizontlosen Tagen hervorruft, behalten sie für sich. Was soll man auch mit diesen Vorstellungen tun. Veteranen kennen das alles schon. Wir sind die Wiederholungen, die sie sich einfach ansehen müssen. Veteranen erzählen einem, daß jedes Brett der Promenade eine Geschichte erzählen könnte und einen geheimen Namen hat. Das stimmt aber nicht. Schließlich ist es bloß totes Holz.

AUSSERHALB DER SAISON ist hier nichts los. Sagen Sie's nicht weiter, aber das Wonder Wheel ist ein Rädchen in der großen Maschine der Metropole, und wenn es aufhört, sich zu drehen, versagen Systeme. Fahrgeschäfte in Vergnügungsparks sind Tarnung für etwas anderes. In geringer Dosierung können regelmäßige Autoscooterfahrten aggressives Verhalten im Straßenverkehr verhindern. Suche Angst in lockeren Schrauben, statistischen Zwangsläufigkeiten, dem Drogenproblem des Betreibers, auf das sein glasiger Blick hindeutet. Die alten Metallsitze werden jede Saison neu gestrichen. Dunkles Metall wie ein Fleck, wo die Leute sich mit den Händen festhalten. Eine Vergnügungsparkfarbe, die den korrodierenden Wirkstoffen in Angstschweiß widersteht, muß erst noch erfunden werden. Es führt kein Weg daran vorbei, alle müssen mit dem Cyclone fahren. Ein zu einer Schleife geschlungenes Band, von einem Windstoß hochgerissen, hier herabschwebend, dort sich aufwärtswindend. Wirkt

so wackelig. Streben und Träger, Zahnstocher und Stroh-
halme. Die alten Schreckensvorstellungen sind die besten. Paare stellen sich nervös an. Der Cousin vom Lande,
gerade zu Besuch, wird von sadistischer Verwandtschaft
angestachelt. Sie erfinden Horrorgeschichten über die
Unfallrate, um ihm angst zu machen, doch wenn der Si-
cherheitsbügel einrastet, werden sie von ihren eigenen
Fiktionen mitgerissen.

ZU SPÄT, um sich zu drücken. Schrei, wenn du glaubst,
daß es hilft. Halt dich an meinem Oberschenkel fest, wie
besprochen. Bürger dieser neuen, schwindelerregenden
Stadt. Rauf und runter. Wirble hierhin, und der Ozean
wirft sich in einer Welle auf dich, in verlockendem
Düster, wirble dorthin, und du knallst gegen Hochhäu-
ser, gegen breite Ziegelsteinfassaden. Eine Achterbahn
ist dein Verstand bei dem Versuch, zwei einander wider-
sprechende Wahrnehmungen in Einklang zu bringen.
Erde und Raum, Beton und Luft, Stadt und Meer. Leben
und Tod. Entscheide dich schnell. Stadt und Meer
vertragen sich nicht, haben sich noch nie vertragen.
Zwei Streithähne, zwei alte, erbitterte Feinde, die sich
gegenseitig zur Schnecke machen. Diese Fahrt, das sind
sie, wie sie sich prügeln, und du fährst auf ihren Armen,
tauchst hinab, schießt hinauf, gleitest und rollst auf sich
bewegenden Muskeln und Sehnen. Wenn sie bloß auf-

hören würden, sich um uns zu kabbeln. Schwindelig jetzt. Von der Aussicht benommen, von den Gezeiten hin und her geworfen und geschlagen, schwankend zwischen dem, was ist, und dem, was sein könnte. Warum unternimmt der Ringrichter nichts? Das ist ein Massaker. Mach die Augen zu. Entspann dich – ehe du dich's versiehst, ist alles vorbei.

Brooklyn Bridge

SIEH GENAU HIN. Da drüben ist sie und wartet, diese gefurchte Insel, zerschnitten, abgetrennt. Such dir deine Lieblingsstücke aus und schlemme. Die Hungrigen erkennt man immer daran, wie sie sich bewegen. Die da, die sich gerade der Brücke nähert, ist ein einschlägiger Fall. Ihre Schritte verraten sie: Sie hat Gelüste. Hinter ihr ballt sich ihre ganze Geschichte mit ihrer wenig schicken Postleitzahl und ihren Einwanderergewürzen. Die Namen ihrer Straßen gedenken der weniger berühmten Helden dieser Stadt. Bürgermeister und Strippenzieher in Hinterzimmern. Keine der Silben, aus denen diese Stadt errichtet ist; sie braucht bloß deren Namen auf ihrer Post zu sehen, und sie bekommt Heißhunger. Manchmal springt der Wind um und trägt Duft über den Fluß. Ihr seid hungrig, gebt es zu. Schnappt euch eure Messer und Gabeln, damit ihr euer Stück abkriegt.

VIELERLEI BRÜCKEN, aber diese hier ist ihr die liebste. Diverse Anker halten die Insel fest, damit sie nicht forttreibt. Du würdest auch zu fliehen versuchen, wenn jeder seine Träume auf dich häufte. Packesel und Palimpsest. Es beginnt langsam. Am Eingang verhökern religiöse

Typen Bohnenpasteten und religiöse Traktate an die von der Ampel aufgehaltenen Autofahrer. Die Fahrer warten darauf, in den Stadtbezirk einfahren zu können, sie betritt die Brücke, um ihn zu verlassen. Die anfängliche Ebenheit lullt sie ein. Eine Brücke braucht eine Zeitlang, um zum Kern der Sache zu kommen, und eine Zeitlang läßt sie sich von Schmus umgarnen, doch dann blickt sie zur Seite. Hat den sanften Anstieg kaum bemerkt, doch dann blickt sie zur Seite und ist auf Hüfthöhe mit Gebäuden. Hoch in der Luft, ehe sie sich's versah. Bewundere die Brücke für ihre beispielhafte Rhetorik, die für diesen ziemlich spektakulären Glaubensumschwung nötig ist.

FREIER ÜBERGANG. Die einzige Maut ist das, was du loswerden mußt. Leg es in bequem aufgestellte Behälter. Wir vertrauen auf Ihre Ehrlichkeit. Aus der Gegenrichtung kommen Flüchtlinge an ihr vorbei, und sie fragt sich, welches Wissen sie ihr voraushaben. Daß sie verlassen, was sie aufsucht. Betonierter Gehweg wird zu Holzlatten und weniger sicher. Zeitreise in die Vergangenheit. Weiter vorn wird sie wahrscheinlich zur Hängebrücke, wie sonst ist dieses Schwanken zu erklären. Amerikanische Flaggen als Vogelscheuchen auf den Bögen. Was gäben wir für ein kräftiges Gekräusel dann und wann, es würde unsere Seelen aufwühlen. Keine Brise in diesem Moment. Dann befindet sie sich über Wasser. Erst Land, dann Industriehafen, jetzt zwischen Latten hindurch der Blick auf den Fluß. Paß den richtigen Zeitpunkt ab, und deine Spucke trifft einen Touristen unten im Boot.

WIR WOLLEN KURZ stehenbleiben und uns von dieser großartigen Skyline einschüchtern lassen. So viele arrogante Gebäude – man kommt sich vor, als wäre man in eine Versammlung von Arschlöchern geraten. Vielleicht kennst du sie von Postern und aus dem Fernsehen. Sieht aus wie eine Filmkulisse, eine falsche Fassade. Hinter diesen schimmernden Häuserfronten Sperrholz und Farbeimer. Davor sind wir alle Komparsen. Fußgänger bescheren Fußbekleidung einen Zuwachs an Abnutzung. Jogger sausen an Fußgängern vorbei, sehen nichts als ihre innere Skyline, seit langem gleichgültig gegenüber den Wundern um sie herum. Radfahrer sausen an allen anderen vorbei, mit wirbelnden Speichen, eine andere Spezies. Er erfindet einen Text zu seinem Song, summt und schnippt mit den Fingern. Wer in der Öffentlichkeit pfeift, wird von Blicken getadelt. Eltern beschirmen Kinder mit ihrem Körper, um sie vor vorbeirasenden Spinnern zu beschützen. Ihre Lieblingsmusik unter den Kopfhörern ist ironischer Kommentar zu dem Spektakel um sie herum. Speziell der Refrain schmäht dieses Panorama mit einfältiger Begeisterung. Eine andere Atmosphäre hier oben, die andere Evolutionsverläufe begünstigt. Mit Flügeln ausgestattet, machen die Vögel, was sie wollen.

EINE HALBE STUNDE lang wird ihr gemächlicher Gang über die Brücke von einem Mann in einer Wohnung verfolgt. Jedesmal wenn sie stehenbleibt, versucht er dahinterzukommen, was sie betrachtet, woran sie denkt. Bei ihr zu sein, ihr Begleiter über dieses Ding. Requisit in der Manie eines einzigen Menschen, ohne es zu wissen. Ein Pünktchen unter vielen Pünktchen. An bestimmten Stellen bieten Notrufsäulen Hilfe, aber Hilfe würde nie und nimmer rechtzeitig kommen. Wie wenn man mitten in der Wüste eine Panne hat. Banditengebiet zwischen zwei Orten. Verordne dir diesen Gang, wenn du auf Touren kommen willst. Wenn dir hier eine Dichtung kaputtgeht, bist du auf dich allein gestellt. Kaputte Notrufsäulen verbinden dich mit nirgendwo. Nimm den Hörer ab, um eine Polizeiwache zu erreichen, die schon vor Jahren abgebrannt ist. Welcher Art ist der Notfall? Ein Achselzucken wird vom Glasfaserkabel nur schlecht übertragen. Und niemand da, der dich davon abhält, auf einem Balken bis an den Rand zu gehen und in leeren Raum und Wasser zu springen. Keiner könnte dich davon abhalten. Der Verkehr verlangsamt sich auf das

Tempo der Gaffer, andere Fußgänger feuern an oder reden gut zu, aber keine hindernden Hände. In jenen letzten Sekunden, ehe du aufschlägst, wird alles offenbar, aber dann besteht keine Chance mehr, diesen Offenbarungen gemäß zu handeln oder sich zu entschuldigen. Geh immer weiter vorwärts. Bitte geh weiter. Indem du diesen Gang unternimmst, lieferst du Argumente für das Leben oder für deine Überzeugungsschwäche. Hier oben sieht alles diesig aus.

SETZ DICH einen Moment hin, um sie zu würdigen. Gemäß alten Berechnungen beschließen städtische Ausschüsse, wo die Bänke aufgestellt werden. Aber sie haben schon immer versucht, deine Aussichten zu reglementieren. Während sie mit teilnahmslosem Blick dasitzen, vermutet niemand, daß sich seine Hand unter Jeansstoff um ihren Hintern wölbt. Dieses Programm wurde Ihnen präsentiert vom Amt für öffentliche Arbeiten. Ein Meilenstein der Ingenieurskunst. Erhältlich in Spritzgußausführung in gutsortierten Souvenirläden. Bronzetafeln hier und da halten die Geschichte lebendig. Aber nichts, um der magischen Orte der Leute zu gedenken. Vor ein paar Jahren ist er an ebendieser Stelle stehengeblieben, hat der gleichgültigen Skyline mit der Faust gedroht und erklärt: Mich kriegst du nicht klein. Jetzt hat er zwei Kinder und ein Eckbüro. Am Tag nach ihrer ersten gemeinsamen Nacht sind sie über die Brücke gegangen, um sich ihren Segen zu holen. So weit, so gut. Einmal bist du vom Regen überrascht worden und hast dich schutzsuchend an einen Brückenbogen gedrückt. Keine Fluchtmöglichkeit, wie üblich den Elementen ausgesetzt. Eine Laune des Windes hat dir eine winzige trockene Stelle gelassen, bis du weitergehen konntest, aber vor diesem Moment rückte alles ins Blickfeld, und du hast Vorsätze gefaßt. Erfahrungen zu metaphorischen Dimensionen aufblähen. Eine Geschichte erzählen, die für einen selbst wichtig ist, und trotz emphatischer Adjektive nur ein unverbindliches Nicken bekommen. Vor Jahren hat sie sich ein Fenster ausgesucht und sich gesagt, sie werde eines Tages hinter diesem Fenster wohnen und ihnen zusehen, wie sie über die Brücke gehen, so wie sie jetzt geht. Mieter lösen einander ab und wechseln die Vorhänge. Die Vorhänge der neuesten Bewohner sind vor ihr und ihresgleichen zugezogen. Näher an der Stadt zweifellos, aber wieviel näher dem, was sie will.

ABBLÄTTERNDE FARBSCHICHTEN lassen Verschönerungsvorhaben hervortreten. Wenn sie nur begreifen würden, daß all diese Farbe eine zusätzliche Last war, daß die Brücke unter unseren guten Absichten ächzt. Beim nächsten Mal wird sie darunter zusammenbrechen. Die Brücke keucht, erschöpft. Klappert. Klappert. Jedes Fahrzeug auf der Fahrbahn schickt seine Erschütterungen durch die Brücke und in ihre Seele. Wenn sie zittert, kann sie auch einstürzen. Zwei Fahrbahnen fassen den Fußweg ein, quetschen ihn zusammen. Wenn es nach ihnen ginge, gäbe es überhaupt keine Menschen, nur hin- und hersausende Tonnage, nicht diese Vehikel aus Fleisch und ihr unseliges Marschieren. Jeden Tag der Moment, in dem die Anzahl der Autos, die auf die Insel fahren, der Anzahl derer entspricht, die sie verlassen. Keine Warnleuchte, kein blinkendes Licht, aber die Brücke freut sich den ganzen Tag auf diesen Moment und seufzt, wenn er eintritt. Sie geht hinüber. Eine Skala in ihr strebt ein Gleichgewicht an, während sie diese größere Skala entlanggeht. Zuviel von etwas, einer Stimmung oder einem Gedanken, und sie kommt ins Kippen. Ihre Feinde sehnen diesen Moment den ganzen Tag herbei und applaudieren, wenn er eintritt.

IN DER MITTE. Man kann nirgendwohin außer weiter. Dabei ertappt, wie du deine Maske wechselst, dieser Akt der Verwandlung. Blick nicht zurück, du wärst entsetzt, wie wenig du vorangekommen bist. Einmal hat ein Mann hier ein Zelt aufgeschlagen und wurde fortgeschleppt. Der Polizei sagte er: Ich entsage allen Stadtbezirken. Sie haben das Recht zu bleiben. Sie haben das Recht, zu den Göttern zu schreien. Wenn Sie keine Phi-

103

losophie haben, wird Ihnen eine zugeteilt. Such in den Augen der Leute nach einem gesinnungsverwandten Schimmer. Trotz allen Bekehrungseifers findest du keine Konvertiten. Mit einem Handy zu telefonieren hat irgendwie keinen Sinn, es sei denn, du beschreibst dem Bettlägerigen jedes Detail. Murmle irgend etwas Romantisches, sei so gut. Das hat eine bestimmte Wellenlänge. Kabel senken und heben sich, Menschenschicksal in solidem Drahtbund. Die Leute gehen zwischen diesen Stoßzähnen hindurch, erklettern einen Elefanten. Ganz normale Flöhe. Touristen mit Kameras unterhalten sich in den Muttersprachen der Männer, die das Ding gebaut haben. Auf dem Meeresgrund liegen die Gebeine ihrer Vorfahren zwischen Kühlschranktüren und Nummernschildern. Sie können nicht winken, aber Strömungen bewegen ihre Gebeine, und vielleicht ist das ein Gruß an die Verwandtschaft. Nichts zu erkennen in dieser trüben Brühe.

WEITER VORN ist die wahre Länge der Insel auszumachen. Die Wahrheit liegt nicht in den schönfärberischen Monstrositäten am Fuß der Insel, sondern in der monströsen Länge der Insel hinter ihnen. Die sagt: Du hast die ganze Sache nicht durchdacht. Aber sie war noch nie jemand, der einen Wink verstanden hätte. Unsentimental wie Straßen und Brücken. Nichts davon bedeutet ihm irgend etwas. Worauf er steht, was er über den Fluß hinweg sieht, ist nichts weiter als menschliche Arroganz. Auf Partys ist er unbeliebt. Halt im Westen nach einer Erinnerung an Ozeane Ausschau, such nach einem Beweis dafür, daß du nicht schon immer von Land umschlossen warst. Der Rest der Welt wohnt am Rand deines Gesichtsfeldes. Dank eines frischen Blicks wenden sie sich der Introspektion zu. Introspektion ist ein billiges Date hier oben, gelockt von Aussicht und Perspektive, diesen billigen Blumen. Entscheide dich gegen schlechtes Benehmen. Entscheide dich für Besseres. Schick ihn in die Wüste. Schaff dir ein Haustier an. Kleine Entscheidungen zu Fragen von Leben und Tod aufgebauscht. Von hier aus kann ich meine Wohnung sehen.

ES WIMMELT VON FOTOGRAFEN. Wie die auf ihre speziellen Plätze verfallen, bleibt ein Rätsel. Sie gucken bloß, bleiben stehen und erklären: Das will ich für immer festhalten. Da oben tut sich irgendwas Kumuluswolkiges, und es ruiniert das Licht. Produzieren Ansichtskarten im Minutentakt. Stehenbleiben und posieren. Klicken und schaudern. Mehr als Sonnenuntergänge festhalten. Von jetzt an wird ihn dieser Ort jedesmal, wenn er sich die Fotos anschaut, an ihren letzten gemeinsamen Urlaub erinnern. Später betrachten Enkelkinder die Fotos und sind außerstande, diese Bilder mit den sabbernden Alten zusammenzubringen, die sie kennen und fürchten. Schick die Fotos, die du an diesem Tag machst, einem Freund, um die Illusion aufrechtzuerhalten, daß ihr noch Freunde seid. Der Hintergrund bringt es auf den Punkt: Vor dieser Skyline währen wir so kurz wie ein Fotoblitz. Sekundenlang geblendet. Doch dann ist er wieder zu sehen. Jener Rachen am Fuß der Insel und seine gierigen Zähne.

DAS DA ÜBERSPANNT WASSER. Sie überspannt Tage. Beide kämpfen mit der Schwerkraft. Die kleine Niete da tut, was sie kann, aber es ist nur eine Frage der Zeit. Wie du mit deiner erstaunlichen Willenskraft, um nicht kaputtzugehen. Ermüde nicht. Laß nicht nach. Paß gut auf, denn ich sage es nur einmal: Wir brauchen unsere sämtlichen Denkmäler, ganz gleich, wie groß, ob behauener Stein oder irdische Hülle. Zweifle nicht daran, daß du mit jedem Atemzug inspirierst, daß jeder Atemzug ein Wunder an Ingenieurskunst ist. Verdiene alles. Herrschte nicht Mangel an Bronzetafeln, wäre eine Bronzetafel an ihren Bauch genietet, die alle relevanten Einzelheiten über sie aufführte. Mit einer freigelassenen Stelle für den Tag der Vollendung. Hier oben gibt es frische Brisen und Möwen, kurzlebige Geschöpfe. Sie und die Brücke haben ihnen soviel voraus, besitzen ein Gewicht, das sich nicht wegwehen läßt.

WAS HOFFTEST DU denn mit diesem kleinen Abenteuer zu erreichen? Nichts hat sich geändert. Nichts ändert sich je. Vorahnung von Untergang. Je näher du der anderen Seite kommst, desto langsamer gehst du. Auf der anderen Seite ist kein Träumen mehr. Bloß fester Boden. Also schieb es so lange wie möglich hinaus. Hier kommt abermals ein Zeichen, keines der unheilverkündenden Art, sondern festgeschraubtes Metall, aber gleichwohl ein Zeichen: Der Bürgermeister heißt dich im Stadtbezirk Manhattan willkommen. Sie kleben den Namen des neuen Bürgermeisters über den des alten, um Steuergelder zu sparen. Ein über Amtsperioden fortdauernder Willkommensgruß, zeitlos und verläßlich. Denn ganz gleich, wohin sie politisch tendieren, sie können die Romantik von Brücken nachempfinden und haben diesen Gang mehr als einmal gemacht. Das ist überparteiliche Leere. Nur noch ein paar Meter. Ihr fällt ein, welches Gefühl der Enttäuschung sie jedesmal empfindet, wenn sie die andere Seite erreicht, und dann empfindet sie es auch. Überprüfe dich auf Schäden. Alles da, wo es hingehört. Ein Wunder ist ausgeblieben. Der Schlüssel zur Stadt ist ihr irgendwo unterwegs aus der Tasche gefallen, und sie befindet sich wieder zu ebener Erde. Wieder beraubt. Mehrere Zugangsmöglichkeiten zu diesem Labyrinth. Heute entscheidet sie sich für eine neue Route, hat aus Fehlern gelernt. Wer weiß, wo sie diesmal landen wird. In einer Menschenmenge verschwinden. Das steht in der Charta der Stadt: Wir haben das Recht zu verschwinden. Die Stadt beeilt sich, alle Spuren zu verwischen. Das ist Vorschrift.

Rush hour

DEN GANZEN TAG mühsam über die Runden kommen, dann ist Feierabend, und sie strömen auf die Straßen. Es ist schon dunkel. Ihre Tage werden kürzer. Zu dieser Jahreszeit kommt man sich noch grauer vor als sonst. Angepinnte Cartoons sorgen für eine gemütliche Note. Sie entscheiden, was bis morgen warten muß, knipsen Schreibtischlampen aus, werden über Trennwänden sichtbar. Enttäuschung ist heutzutage modular, austauschbar und leicht zusammenzustecken. Gemäß Schaubild zwei Wörter zusammenfügen: Bis morgen. Leute drängen sich in Aufzüge und fahren hinab in ein Zwischenreich, den Raum zwischen Arbeit und Zuhause, der eine Art Träumen ist: Dorthin gehen sie, um sich auf das eben Geschehene einen Reim zu machen, damit sie es noch ein bißchen weiter schaffen.

AUS MIDTOWN ENTKOMMEN. Ein Ausbruchsversuch durch die Mauer oder den Tunnel darunter. Geometrische Grundformen laufen Amok. Architekten zwängen die Psyche in Stahl und Beton. Geburt des Erstgeborenen, adieu zur Geliebten, Unterhaltszahlungen – alles ist dort in Säulen verschlüsselt, in Fassadenmerkmalen, Fenstern, die sich nicht öffnen lassen. Geh im Schatten des Unbewußten, schufte in den Denkmälern für bitteren Abstieg. Meilenweit sichtbar, stellt die Skyline die Hybris von Generationen dar, und alle, die sie sehen, leiten aus den Geschichten zwangsläufig die falsche Moral ab. Gewöhnliche Gebäude enden zu rasch. Erkenne Majestät auf Anhieb an der Höhe und präge dir mit der Zeit ihre Kronen ein. Einige dieser Gebäude sind per Schlepper hierhergelangt, hertransportiert von südpazifischen Inseln, wo sie aus schwarzem Vulkangestein gehauen wurden. Diese dunklen Gletscher. So vieles unter Oberflächen. In Gebäuden, die aus den verworfenen dreizehnten Etagen anderer Gebäude bestehen, spielen sich unheimliche Transaktionen ab. »Büroraum zu vermieten.« Wenige Gebäude hier verdienen es, Menschen zu sein, aber nach dem düsteren Aufmarsch der Fassaden zu urteilen, sind einige dieser Gestalten schon auf halbem Wege zum Gipskarton. Mit Stahlknochen und Mörtelblut. Granit ohne Ende.

ORNITHOLOGEN erkennen die Unternehmenspfauen an ihrem Nadelstreifengefieder. Was geht ihnen durch den Kopf, den Vertretern dieser Vogelart? Diese beiden haben denselben Schneider, und als sie einander über den Weg laufen, verspüren sie große Erleichterung. Patchwork und von dünnen Fäden zusammengehalten. Verlaß dich zwecks Sicherheit auf Tarnung. So voller Anzug-

und Aktentaschenneid, daß nur richtig gut geputzte Schuhe das wieder ins Lot bringen können. Hier kommt Mr. Maßanzug – alles, was sie zu fürchten gelernt haben, liegt in seinen unglaublichen Klamotten. Als man dahinterkommt, entschuldigt er sich nicht dafür, daß er Damenschlüpfer trägt. Sie sind schlicht bequemer. Das Geräusch ihrer auf Büroböden klackenden Absätze läßt normale Sterbliche erzittern, aber im Pendlerverkehr küssen diese Sportschuhe ihre Füße regelrecht. Noch ein Tag bis Casual Friday, lecker, lecker Gummibärchen. In Hosenträgern, in Flügelkappenschuhen, als höben sie vom Boden ab, wenn sie sich in der Sprache des Fliegens kleideten, und würden etwas Besseres. Der Windkanal um das Gebäude macht ihn schließlich darauf aufmerksam, daß sein Hosenladen schon seit Stunden offen ist. Ein bißchen frisch heute abend.

SOLCHE MERKWÜRDIGEN RITUALE bestimmen ihre Tage. Bauern und Türme bewegen sich entsprechend der Spielregeln. Schlagen oder geschlagen werden. Töten oder getötet werden. Der nächste, der ihr auf den Fuß tritt, kriegt eins in die Fresse. Summa cum laude vom Institut für festen Händedruck. Turbine, darf ich Fahrgestell vorstellen. Hammer, darf ich Amboß vorstellen. Als nächstes: Visitenkarten austauschen. Haben Sie eine Karte? Ich habe eine Karte. Hier haben Sie meine

Karte. Gefällt Ihnen meine Karte? In Brieftaschen reiben sich Karten aneinander und zeugen kleine Karten. Die heimliche Ursache von Fusseln in Hosentaschen. Von der Nadel gestochen, die er aus seinem neuen Hemd zu ziehen vergaß. Karmas winziges Arsenal. Sie haben sie eingeladen, auf einen Drink mitzukommen, aber sie hat für diesmal abgelehnt, weil es ein langer Tag gewesen ist und einige Leute auf der Liste der Feinde ein Stückchen nach oben gerutscht sind. Trag sie zwecks Rache für ein andermal ein. Wäre Ihnen Montag um 14 Uhr 30 recht? Fürchterliches Gewimmel. Pläne machen, schnell machen, sich gut machen. Weiter, weiter, weiter. Der alte Mann stolpert und stürzt und wird getreten, und sie würden ihm ja aufhelfen, aber es ist schon spät, spät, spät.

WENN DU HIER wohnen würdest, wärst du jetzt schon zu Hause. Immer noch reichlich Zeit, um auf die letzten paar Stunden zurückzublicken und sich auf das zu konzentrieren, was nicht wie geplant gelaufen ist. Krämpfe verkrümmen, Krämpfe entstellen und warnen, Krämpfe gehen nach wenigen Minuten vorüber, wenn die Geschichte uns irgend etwas über dieses Geschwür gelehrt hat. Am Kiosk, wo er Magentabletten kauft, läßt er sein Kleingeld versehentlich zwischen die Reihen von Süßigkeiten fallen. Nachdem er sich den ganzen Tag hinter Sekretärinnen und Voicemail versteckt hat, bringen kleine Interaktionen Beklemmung. Schreib die Art, wie sie über den Fußgängerüberweg stolziert, den täglichen Komplimenten über ihre zahlreichen Fähigkeiten zu. Diese Lorbeeren sind furchtbar gemütlich, eigentlich könnte sie sich ein bißchen ausruhen. Heute beim Lunch haben sie ihm einen Katzentisch zugewiesen, so schnell hat es sich herumgesprochen. *Snakes and ladders.* Warum schaffen sie nicht gleich seinen Schreibtisch raus, stellen eine Tretmühle rein, hängen eine Karotte an die Decke und lassen die ganze Heuchelei. So müde – den ganzen Tag das Verdienst für anderer Leute Arbeit in Anspruch zu nehmen schafft einen richtig. Nichts hält er durch, außer seine Angst vor dem Erfolg. Schon wieder übergangen. Archivar von Kränkungen. Das Glück jedes anderen ist die Butter, die einem vom Brot genommen wird, oder eine Umarmung, die einem jemand vorenthalten hat, der einen mehr hätte lieben sollen. Mitten während des Mittagessens ist ihr aufgefallen, daß Glasdecken flüchtige Blicke in die Hölle eines anderen gewähren. Die Typen vom Vertrieb haben es auf ihn abgesehen, das weiß er einfach. Ich will morgen früh Ihre Kündigung auf meinem Schreibtisch.

LEUTE, DIE ein wenig länger gearbeitet haben, strömen auf die Bürgersteige, der Konkurrenzkampf um Sitzplätze in öffentlichen Verkehrsmitteln steht bevor. Winke dem

Wachmann zum Abschied zu. Chipkartenschlüssel über-
wachen Kommen und Gehen, identifizieren Angestellte
nicht anhand entwürdigender Ziffern, sondern anhand
grausamer Spitznamen. Grüß dich, Arschgesicht. Bestimmt wissen es die Kunden bei einem Blick auf unsere
Eingangshalle zu schätzen, daß wir keine halben Sachen
machen. Nicht wahr. Nicht wahr. Sieht wie Marmor
aus, ist aber in Wirklichkeit keiner. Atrien und die
menschliche Ebbe und Flut höhlen diese ragenden
Klippen aus. Bauunternehmer planen Grundstücksüber-
tragungen, planen angesichts von zwingend vorgeschrie-
benem öffentlichen Raum die Aufhebung von Nutzungs-
vorschriften. Werft ihnen einen Knochen hin. Fließen
tatsächlich öffentliche Gelder in Konzeption, Ausfüh-
rung und Installation dieser scheußlichen Kunst im öffentlichen Raum. Metall ist zu vage menschlichen Formen verbogen. Schwer, in diesem Herbstlicht Abstraktes
zu differenzieren. Jedenfalls läßt ihre schlaffe Haltung an
Bearbeitung mit der Lötlampe, mörderische Tempera-
turen, irgendeine Form von Feuerprobe denken. Die Ele-
mente haben sie ihrer wetterfesten Beschichtung beraubt, und nun sind sie wehrlos. Dann muß es eben so
gehen. Rostet langsam, Freunde, und laßt überall, wo ihr
hingeht, kleine Stücke von euch zurück.

SO UNWAHRSCHEINLICH es auch sein mag, der Tag hält immer noch ein paar Erniedrigungen bereit. Der Tag streckt die Erniedrigung mit Frustration, damit sie länger vorhält. Gemeinheit, dein Name ist U-Bahn. Er kommt nicht hinein. Sie strömen durch Drehkreuze, Hüften schlagen gegen Stahlstangen, und sie lassen ihn nicht hinein. Er muß nach Hause, aber er schafft es gerade mal ein Stück weit, ehe wieder jemand auf ihn losgeht. Ein vom Schwarm verstoßener Fisch. Jeder weiß, wie es funktioniert, nur er nicht. Alle, aus sämtlichen Etagen, sind in diesem einen Waggon zusammengequetscht: die Urheber von Memos, die Weiterleiter von Memos, die Erfasser, Abhefter und Zerkleinerer von Memos, die stets an ihrem Schreibtisch Anzutreffenden und die nie zu Findenden. Wie passen sie nur alle da hinein. Kabbeln sich um Sitzplätze wie Tauben um altbackene Krumen. Jeder glaubt, er habe ein größeres Anrecht darauf, jeder glaubt, er habe einen schwereren Tag gehabt als alle anderen, und jeder hat recht.

IN DIE KATHEDRALE. Natürlich waren die Holländer ziemlich geschockt darüber, unter diesem Riesenhaufen Erde die Grand Central Station vorzufinden. Schuld waren die Indianer mit ihrem strikten Grundsatz »Geld zurück nur gegen Quittung«. Und siehe, da die Erde abkühlte, kam Grand Central durch kilometerdickes

115

Magma nach oben geblubbert, lagerte sich in die Kruste dieser Insel ein, setzte sich hier fest. Der erste Einwanderer. Immer noch nicht integriert. Für immer unverdaulich. Der Strom der Wolkenkratzer fließt drum herum. Reisende schwimmen darauf zu und klammern sich an, genießen festen Halt in tosendem Wildwasser. Kirchen füllen sich in regelmäßigen Abständen nach einem im Geschäftsplan festgelegten Schema. Wie die kräftigsten Unwetter fängt auch die Rush hour als leichtes Getröpfel an und wird dann zur unheiligen Sintflut.

DIE GROSSSTADTNACHT verschluckt Sterne. Gemalte Sternbilder am Gewölbe der Haupthalle müssen genügen. Ersatzuniversum. Die Bären, Krebse und Gürtelsterne dort oben bewegen sich nicht, wie gelähmt vor Scham angesichts der Sterne, die auf heimwärts gerichteter Bahn über den Boden schießen. Ins Dreieck gesetzte Billardkugeln. Die Stimme des Ansagers ist ein Queue, das die diversen Farben auseinanderstieben läßt, in Taschen, nach Gleis 17, Gleis 18, Gleis 19. Immer ein paar, die benommen stehenbleiben, wie betäubt von Spektakel und Tempo. Wenn sie es nur bis zum Informationsschalter schaffen. Ächzen und auf Ellbogen robben. Auf Anzeigetafeln rangeln abfahrende Züge um den Aufstieg. Er wird hellhörig, als der Lautsprecher den Namen seiner Stadt nennt. Spar für ein Haus zwei Stationen weiter auf dieser Strecke. Durch Ausgänge zu den Zügen strömen. Lebe jede Minute so, als wärst du für den letzten Zug zu spät dran. Verkaufsslogans, besorg dir hier deine Slogans. Jeden Tag um diese Zeit treffen sie sich hier, um Händchen zu halten und zu tuscheln. Ab und zu schauen alle gleichzeitig, gegen jede Wahrscheinlichkeit, eine Sekunde lang auf irgendeine Uhr. Hast du daran gedacht, genügend Energie für einen letzten Sprint zu sparen? Was ist das für ein schreckliches Geräusch, als öffnete und schlösse sich knirschend das Tor zur Hölle: Hinter ihnen geht jemand in Kordhosen. Das Schicksal naht auf vielerlei Weise.

DIE FAHRKARTEN, BITTE. Hey, Schaffner, können Sie nicht ein kleines Gebet sprechen, irgendwas Pilgerväter-Orientiertes? Sie lassen sich in Bankreihen nieder. Wie es der Zufall will, sitzt die Sorte Mensch, die sagt: »Es ist gut, so jemanden zu kennen«, neben der Sorte Mensch, die sagt: »Ich lass mir was einfallen.« Was verstecken sie nur in ihren Mappen und Taschen, die sie so sorgsam bewachen. Voodoo-Püppchen lümmeln sich auf Wochenertragsberichten. Fürchte die Heimfahrt, denn heute könnte der Tag sein, an dem deine Kinder das wahre Gesicht der Welt entdeckt haben, und wie willst du ihnen das erklären. Was sind schon aufgeschürfte Knie verglichen mit dem, was noch bevorsteht. Was sie auf der anderen Seite von Schwellen erwartet: Heiraten, Hausrat, Hypotheken jeder Art. Die Pendlerfahrt bietet gerade genügend Zeit, sich in die Rolle zu finden und um Text zu memorieren. Dieser peinliche Moment heute nachmittag, als ihr der Name ihrer Tochter nicht einfiel. Du hast dafür bezahlt, hier zu sitzen, also bete. Als bedeuteten diese täglichen Demütigungen und Opfer irgend etwas, würden von denjenigen registriert, die die Bücher führen. Morgen machen wir da weiter, wo wir aufgehört haben. Schlaf gut. Schlaf tief. Schlafe den Schlaf des Erfolgreichen, denn irgendwie hast du es durch den Tag geschafft, ohne daß jemand gemerkt hat, daß du ein totaler Hochstapler bist.

Downtown

SEILSPRINGEN, Schläge in die Luft und besonders Schat-
tenboxen. Die Profis wärmen sich für den großen Kampf
auf. Es geht um so viel. Der Spiegel in der Ecke rät: Halt
die Fäuste hoch und den Kopf unten. Dann ertönt der
Gong, und es heißt, raus aus den Wohnungen, raus aus
den Arbeitsplatzlarven, raus auf die Straßen, in Nacht-
verkleidungen. Die Dämmerung ist eine Maskenfabrik.

DIE HAPPY HOUR senkt sich herab, dieser tiefhängende
Nebel. Jetzt heißt es Ladies' Night oder günstigere Jell-O
Shots oder zwei für einen. Der Barkeeper überwacht die
Verteilung gestreckter Drogen, schnappt Gesprächsfet-
zen auf. Das Leben anderer Menschen läßt sie Tropfen
um Tropfen leer werden. Einsame Trinker nehmen via
Körperhaltung an Geschichten mit Moral teil. Er sammelt Untersetzer aus der ganzen Welt. Den da hat er in
Pik. Das ist das Bier, das man trinken muß, wenn man
mehr als eines trinkt. An der Bar sitzen und darauf warten, daß man abgeschleppt wird, wie im Kino. Oder bloß
gerettet. Blicke gleiten von Hocker zu Hocker, Finger,
die über Bücherreihen streichen. Schmökere in diesem
Bibliotheksregal, verweile bei einzelnen Rücken, wäh-

rend man auch in dir schmökert, dich prüft, dich checkt. Bestimmt gibt es noch ein paar ungelesene Bände. Zieh die nächste Persönlichkeit aus deiner Gesäßtasche. Vielleicht funktioniert die ja. Zufällig hört er seine Worte aus dem Mund von jemand anders und wünscht, seine Klagen seien nicht so alltäglich. Finde deinen Rhythmus. Es fängt gerade erst an.

SIE STOLPERN eine Museumstreppe hinunter, nachdem sie sich die große Ausstellung dieser Saison angesehen haben. Mit einer echten, abgerissenen Eintrittskarte in der Tasche ist ihr bedeutend wohler, wenn sie nachplappert, was die Kritiker sagen. Als sie in den Experimentalfilm gingen, war es draußen hell. Wenn man den Zuschlag bei Vormittagsvorstellungen bedenkt. Wozu hast du Lust? Keine Ahnung. Alle anderen wissen, wo die angesagten neuen Restaurants sind. Sie gehen nicht mehr soviel aus wie früher. Von den kleinen Knopfaugen der Babysitterin verfolgt. Je nachdem, was im Rest der Welt vor sich geht, ist er minutenlang der schlechteste Kellner der Welt. Anleitungen für den Umgang mit Beschwerdeführern sind neben der Küchentür an die Wand geheftet. Denk an Speichel. Schon bei der Vorspeise innerlich schäumend, heben sie es sich für zu Hause auf, damit sie nicht im Restaurant zu streiten anfangen. Schön, wenn man eine Beschäftigung oder ein Hobby hat, das man mit seinem Ehepartner teilen kann. Die beiden da haben sich für Gehässigkeit entschieden, und es hat sie einander nähergebracht. So unwahrscheinlich es auch ist, sie sind ausnahmsweise einmal das gutangepaßte Paar an einem Vierertisch. Leute rollen mit den Augen, als er von der Speisekarte bestellt. Das sieht gut aus. Einmal im Monat essen sie hier, aber irgend etwas an diesem Essen macht ihnen plötzlich klar, daß es schon seit einer Weile nicht mehr stimmt und daß sie nicht wiederkommen werden. Countdown bis zu den ersten Symptomen einer Lebensmittelvergiftung. Hätten Sie gern einen Nachtisch? Wir führen eine große Auswahl an Likören.

HIER MUSS ES SEIN. Ist es aber nicht. Diese Adresse gibt es nicht. In einer anderen Stadt vielleicht, aber nicht hier, oder vielleicht in der Zukunft, aber nicht jetzt. Dann öffnen Überläufer die Tür, und es geht los. Er könnte schwören, er war schon mal hier. Kennt keine Menschenseele. Auf der Cocktailparty verloren. Mit wem reden. Mit irgendwem. Trink noch mal von dem geschmolzenen Eis. Geh zur Bar, geh auf die Toilette: Bis du zurückkommst, wird sich die Party zu deinem Vorteil strukturiert haben. Schön wär's. Dieses Gerücht in Umlauf zu bringen ist schwieriger, als es zunächst den Anschein hatte. Gärtner raten zu Geduld, die Dinge schlagen Wurzeln oder eben nicht. Vor die Wahl zwischen zwei Partys gestellt, wird der Kerl da drüben immer die falsche Entscheidung treffen. Ein typischer Fall. Solche wie den kriegst du nicht vom Tisch mit den Vorspeisen weg. Seit einer halben Stunde versucht sie nun schon, Leute zu Ressentiments zu bekehren, aber ohne Erfolg. Was sieht sie nur in ihm. Er ist so durchschaubar. Alt genug, um seine Tochter zu sein. Eine halbe Minute lang bewohnen sie die Traumstadt, die sie von ihren Heimatkaffs weggelockt hat, doch dann entdecken sie nichts Festes unter ihren Füßen, und schon gehen sie unter. Treibsand kommt am häufigsten in Filmen vor, dicht gefolgt von Partys. Eins kann ich Ihnen sagen: Wenn man den schicken Bildbänden endlich das Gehen und Reden beigebracht hat, wird mit Vorzeigefrauen und Jungensspielzeug kein Geschäft mehr zu machen sein.

HIPSTER SUCHEN Zuflucht in der Kirche Unserer Lieben Frau von der Ewigen Subkultur. Eine Zeitlang ist strittig, ob sie noch cool sind oder nicht, doch dann beruhigt sie die obskure Örtlichkeit und das Eintreffen von ihresgleichen. Behalte die Adresse für dich, soll die Plebs es ruhig selber finden. Wow, angesichts dieser Scheiß-Performance-Art komme ich mir mit meinen diversen emotionalen Problemen gar nicht mehr so dämlich vor. Er muß früh verschwinden, um zu seiner schlechten

Kunst zurückzukehren. Ein dreifaches Hoch auf dein reiches Innenleben, möge es dir gute Dienste leisten, wenn die Miete fällig wird. Bier auf Wein, das laß sein. Der da geht auf mich. Irgendwie läuft es immer darauf raus, daß er jede Runde zahlt. Stunde um Stunde verändern sich die Gäste, bekommen Buckel, Hörner, Schuppen. Die kleinen Geräusche, die sie von sich geben: Ihr Freund ist weggefahren, sein Mitbewohner vom College ist gerade in der Stadt, die Band meines Freundes spielt downtown. Er hat zu viele Pläne mit zu vielen Leuten gemacht, und es wird alles danebengehen. Sie macht sich ein bißchen Sorgen, denn um Mitternacht treten die neuen Gesetze in Kraft, und daß einem tränenseliges Gesülze dann nicht mehr hilft, ist echt lästig. Gib dir eine Blöße, und die Stadt schlägt zurück.

DER PRESSEBERICHT enthält eine schlechte Wegbeschreibung zu dem neuen angesagten Laden. Plötzlich befinden sie sich auf verlassenen Straßen in Vierteln, mit denen sie nicht gerechnet haben, und müssen, ehe sie in Sicherheit gelangen, tiefer ins Dunkel. Ecken und Gassen aus der Fabelwelt der Metropole, zugemauerte Türöffnungen, Zeitungen, die als Double für Steppenläufer fungieren. Laternengalgen. Schritte umherziehender Halsabschneider. Sie fragen: Hörst du mich? Sie fragen: Bist das du da neben mir, oder ist das das Ende? Dann dringt Musik in tiefliegendes Gewebe, sie sehen die Lichter und die Menschenmenge, aber das war echte Angst, und wenn nun herauskommt, daß sie nach all den Jahren immer noch Angst empfinden können. Auf eines kannst du dich verlassen, nämlich darauf, daß die Nacht den Mund hält. Nachtclubtüren sind verschlossen. Das ist das beliebteste Modell von Rent-A-Bouncer, der Rausschmeißervermietung. Sie blinzeln niemals. Neueste Fortschritte auf dem Gebiet des Satanischen ermöglichen es ihnen, wirklich und wahrhaftig die Seelen hoffnungsvoller Clubbesucher zu prüfen. Aus einem bestimmten Blickwinkel gesehen, lächelt die Samtschnur irgendwie. Auf strukturell instabilen Absätzen wankt eine Delegation von Leichnamen vorbei. Sie hat einen Artikel gelesen, in dem es hieß, Formaldehyd sei in. Schlichte Ökonomie: Wenn sie nur die Schickeria reinlassen, wer zahlt dann noch das Gedeck.

UND DIE HABEN BEHAUPTET, sein Hemd sei grell. Pantomimische Darstellung von Begierden. Einer nach dem anderen zieht die Gang auf Abenteuer aus. Nach dem Aufwachen morgen nachmittag werden sie Erfahrungen austauschen. Mängel im Design der Reichen und Berühmten. Klopfe höflich an die Toilettentür. Die Leute da drin führen nichts Gutes im Schilde. Sehr verdächtig. Paß auf: Es ist das nächtliche Rennen der magersüchtigen Assistentinnen. Sie quetschen sich mühelos vorbei. Alle sehen so gut aus, alle sind so gut zusammengestellt, am liebsten würde ich sagen: Weiter so, Leute. Der DJ hat sich mit der Evolution befaßt und kennt die Hintertür zum reptilischen Hirnstamm. Der Beat ruft zur Meuterei auf, rekrutiert Gliedmaßen und Hüften, beraubt diese Hülle ihres Willens. Offenbar ist dieser Song sehr populär. Anzügliche Tänze rufen Reaktionen hervor. Nach so vielen Jahren noch immer das Mauerblümchen. Imstande zu sein, einfach an jemanden heranzutanzen und es zu tun, wie immer es nun heißt. In die Seiten gestemmte Arme verbannen Drinks auf den Boden. Ellbogen, Fersen, Hände und Köpfe. Achte auf das tapsige Riesenbaby links vor dir – die neigen dazu, beim Tanzen mit den Armen zu rudern. Sie blickt auf ihre Hüften hinab. Gar nicht so schlecht.

ES IST VOLLMOND. In Notfallambulanzen und vor Geldautomaten sind lunare Einflüsse leicht zu beobachten. Die Leute brauchen mehr Geld. Wenn sie nur Vernunft abheben könnten. Freunde verleiten Freunde zu unklugem Verhalten. Diese Frau anquatschen, die Fäuste hochnehmen, Inventar mitgehen lassen. Zwanzig Häuserblocks folgt sie ihm nun schon, und er hat es immer noch nicht mitgekriegt. Um diese Zeit sind die Straßen reinste Schmierenkomödie. Sie skandieren: Girl Fight,

Girl Fight. Warum hat sich der Spinner ausgerechnet ihn ausgeguckt, sieht man es so deutlich? Erkenne die Leute aus der High School und flüchte. Vorbei an dem von Solos schwülen Jazzschuppen, vorbei an der Bar mit dem ernsthaften Singer-Songwriter. Nach diesem Gig hat sie genug Geld für ein neues Reimwörterbuch, ein richtig gutes, eines, indem man ein Reimwort auf »orange« findet. Nach Stunden in dieser neuen Umgebung läuft man dem Verkäufer über den Weg. Welten prallen aufeinander. Da ist ein Bulle. Schien damals eine gute Idee zu sein. Jetzt wird er für den Rest seines Lebens durchschnittlich dreieinhalbmal die Woche erklären müssen, woher er diese Narbe hat. Wenn sich die Opfer allesamt zusammensetzten, könnten sie ihr Pech auf dieses verfluchte Münztelefon zurückführen. Es ist im Umkreis von mehreren Meilen das einzige in funktionsfähigem Zustand, und alles, was die Leute hineinsprechen, hat böse Folgen. Dringendes Telegramm vom Ministerium für unglückliche Gedanken: Habe Nachgedacht Stop Sache Hat Keinen Sinn Stop. Wie der Mond ist man nur ein paar Tage im Monat schön und sichtbar. Übt Einfluß aus, erzeugt Wellen. Die übrige Zeit schwindet man, in Teile zerspalten, und keiner weiß, wo man steckt. Es ist so kalt. Nur noch ein paar Häuserblocks, Liebes.

HALTE DIE ILLUSION aufrecht, daß es heute abend anders sein wird, schaff die zusätzlichen Generatoren ran, wenn es sein muß. Reichlich Sitzgelegenheiten in den üblichen Cafés, keine Warterei, was darf es sein. Die Speisekarte ändert sich nie. Bei dem Freund sexueller Spannung ist alles so ziemlich beim alten. Merk dir vor, Machenschaften für nächste Woche auszuhecken. Der Männer-Ausgehabend kollidiert mit dem Frauen-Ausgehabend wegen irgendeines Heckmecks über die Frage, wer den Vortritt hat. Vielleicht erkennst du ihn von Orten verpatzter Verführungen wie etwa deiner Eingangstreppe oder dem abgedunkelten Flur auf der Weihnachtsfeier. Sie hat sich eingeredet, daß sie keine heimlichen Absichten bei dieser Begegnung hat. Wartet darauf, daß die Gesprächseröffnung den eigentlichen Zweck dieser Begegnung offenbart. Was Romantik angeht, ist ihm noch keine Lektion untergekommen, die er nicht gelernt hätte. Nein, sie hat ihn noch nie hintergangen, aber so formuliert klingt es fast wie eine Mutprobe. Zwei Drinks über den Punkt hinaus, wo man Zufallsbegegnungen mit vagen Bekannten, Verwandten, Arbeitskollegen ertragen kann. Sie werden Bericht erstatten. Einer nach dem anderen werden wir unkenntlich.

MOMENT MAL, es kommt noch mehr. Im Zirkus. In winzigen Zimmern voller höflicher Gespräche, in viehwaggonartigen Kneipen, in höhlenartigen Clubs stellen sich Bürger für die gleichen Belustigungen, die getürkten Spiele, den maroden Tingeltangel an. Dein Fes gefällt mir. Immer noch reichlich Zeit, jemandem in den Arsch zu kriechen, Klagen loszuwerden, Charakterfehler zu offenbaren. Der wichtigste Mensch im Raum besitzt ein Gravitationsfeld, und Cocktailservietten schweben zu ihm hin. Ziel auf den weichen Unterleib, das ist ihre verwundbare Stelle. Hat irgendwer einen Haufen Kohle? Auf der Arbeit muß sie wohl schlafen, denn alle verhalten sich, als sähen sie sie so, wie sie wirklich ist. Die Leute kommen mit ihren Lieblingsrequisiten durch, alten Witzen, einem Dekolleté, Anekdote Nr. 7. Ein Testlauf für Anekdote Nr. 7, doppelt so wirkungsvoll wie Anekdote Nr. 6 und nur halb so lang. Sie applaudieren seinem Esprit. Noch nicht mal ein Drittel des Witzes erzählt, und schon ist klar, daß er floppen wird. Nach ihrer Reaktion zu urteilen benutzt man dieses Wort in der feinen Gesellschaft nicht mehr. Haben Sie gewußt, daß höfliches Lächeln genauso viele Kalorien verbrennt, wie wenn man seine Meinung sagt? Er gesteht ihr seine Liebe, als sich die Menge im Raum vorübergehend lichtet. Alle kommen zurück, als sie sich gerade zu einer Antwort anschickt. Sie waren mal miteinander verheiratet und teilen nun den Raum auf, wie sie damals Freunde aufgeteilt haben. Trau dich ja nicht, diese Linie zu überschreiten. Manche reiben Eheringe mit dem Daumen, wenn dieses Geschöpf in Sicht kommt. Er studiert ihre Haltung, während sie sich mit diesem flotten Fremden unterhält. Irgendwas löst Alarmvorrichtungen aus. Rauch, zweifellos. Zehn Dollar, daß sie zusammen nach Hause gehen. Plötzlich wird dir klar, daß ihr beim Reden wahnsinnig dicht zusammensteht. Alle anderen sind anscheinend schon gegangen, und was bedeutet das? Jemand hat deine Jacke geklaut.

NOCH ALPTRAUMHAFTER, bitte. Wenn du unbedingt willst. Das ist genau die Art von Verhalten, vor der ihr Therapeut sie gewarnt hat. Er kleidet sich wie seine Freunde, damit sie nicht argwöhnen, er sei anders als sie. Um Ablehnungen zuvorzukommen, übertreibt sie ihr Anderssein durch ihre Kleidung, obwohl doch der wahre Feind nicht die Verachtung der Welt, sondern ihre Gleichgültigkeit ist. Er ist ganz sicher die nächste Station innerhalb einer trostlosen Abfolge und wegen all der vorangegangenen Enttäuschungen nicht erkennbar. Erkläre etwas zu ausführlich deinen jüngsten Karriereschritt. Wie kann er sich nach den jüngsten Rückschlägen überhaupt noch in der Stadt blicken lassen? Die Leute nehmen sich ein, zwei Minuten Zeit, sich über die

Rückschläge anderer zu freuen, ehe ihre eigenen Unzulänglichkeiten sie wieder ablenken. Das ist sein zigstes Glas, aber er verträgt jede Menge oder hat eine Art Leere in sich und fühlt sich kein bißchen beschwipst. Was sie für ihre geheimnisvolle Ausstrahlung halten, ist lediglich eine Nebenwirkung ihres Medikaments. Unter dem Tisch geht irgendwas vor. Wasserspeier sind von Dachhorsten herabgeklettert, um seine Freunde zu ersetzen, aber er ist sich nicht sicher, ob er etwas unternehmen soll, weil sie eigentlich recht lustig sind und ihn viel stärker unterstützen als seine wirklichen Freunde. Man nennt das Trinkgeld.

BEEINDRUCKE SIE mit deiner Wahl, Musikbox-Guru. Drück die richtigen Knöpfe, und sie wird zu dem Kult um dich verführt. Geschwafel ist das richtige Wort, denn diese Pamphlete enthalten seine Philosophien. Sind deine Songs schon gekommen? In der ganzen Stadt verzögern passiv-aggressive Musikboxen Aufbrüche. Jeder gewählte Titel zieht sie hierhin und dahin, traurig aufs Meer hinaus, sofern sie der Unterströmung der Mollakkorde nicht ein Schnippchen schlagen. Heute abend kommt der Song, den du immer verachtet hast, vollmundig aus der Musikbox, und du hörst zum ersten Mal den Text, verstehst zum ersten Mal nach all den Jahren den Text. Dieses neue Du mit einer älteren Seele. Jetzt ist es dein Lieblingsstück. Die ganze Zeit den falschen Text gesungen. Manche von ihnen haben schon entschieden, wohin die Nacht führt. Keiner von ihnen hat sich zu ihrem Verlobungsring geäußert, also stößt sie allen die Drinks um. Aus Versehen mit Absicht. Er schüttet ihr sein Herz aus, der letzte Schluck hat ihm den Rest gegeben, aber sie hat mit ihrer eigenen Einsamkeit genug zu tun und will sich nicht auch noch auf seine einlassen. Stopf dem kaputten Teil in dir, der da so quatscht, den Mund.

LETZTE RUNDE. Wer noch eine Spur Verstand hat, verabschiedet sich jetzt. Wer noch eine Spur Verstand hat, macht Feierabend. Von jetzt an drohen Konsequenzen. Noch einen für unterwegs. Er tut so, als müßte man ihn überreden. Das Gelage läuft wie geschmiert, danke der Nachfrage. Die Adjektive, die die Toiletten beschreiben, sind so knapp, daß sie einer gefährdeten Spezies angehören, die durch staatliche Regelungen vor Wilderei geschützt ist, also streng deine Phantasie an. Soviel zur Frühstücksverabredung. Mit jeder verstrichenen Stunde hat sie eine weitere Verabredung abgehakt, und jetzt hat sie den ganzen Tag nichts vor. Man munkelt, daß sie bis in den frühen Morgen geöffnet haben. Irgend etwas an der Art, wie sie »Bis bald« sagen, konkretisiert, daß ihre Freundschaft sich schon vor Monaten verändert hat und sie einander lange Zeit nicht sehen werden. Man hat sich abgesprochen: getrennt gehen und sich in zehn Minuten treffen. Keiner wird etwas merken. Alle wissen Bescheid. Telefonnummern austauschen. Die kleinen Geräusche, die sie von sich geben: Wir sollten mal was zusammen unternehmen, wir sollten uns mal treffen, wir sollten eine Menge machen, was wir nie machen. Betrunkene Ladys werden von geistesgegenwärtigen Freunden in Taxis verfrachtet, außer Reichweite von Raubtieren. Er wacht einfach nicht auf. Das ist das letzte Blatt. Setz alles darauf. Nur wenige bezeichnen sich als Schauspieler und sind dennoch Naturbegabungen für diese Bürgersteig-Improvisationen, das ganze unbeholfene Theater von wegen: In welche Richtung müßt ihr? Wollen wir uns ein Taxi teilen? Sie wollen nicht nach Hause. Jemand wartet auf sie. Oder niemand.

SIE FAHREN NACH HAUSE. Zu spät fällt dir ein, daß er auf langen Taxifahrten unerträglich ist. Jetzt im Programm: Die Rückkehr des Eingeborenen. Angeschickkert, während er durch seine angestammten Straßen gleitet. Schnall dich sicherheitshalber an. Wenn du mit ihm fährst, hörst du es ihn früher oder später sagen: Hier hab ich mal gewohnt. Sein Finger stößt zu, als wollte er ein Loch in die Nacht bohren. Hier hab ich mal gewohnt. Auf dem Broadway und in der Fulton, der Riverside und der Houston ist er verdammt nervig, kann einfach nicht die Klappe halten. Hier hab ich mal gewohnt. In überfüllten Kinos, wenn sich herausstellt, daß der Ortskundige weiß, wo man den besten Hot dog für fünfzig Cents bekommt. Auf langen Spaziergängen, beim Durchblättern beliebiger Fotobände, beim Überfliegen in Düsenjets: Hier hab ich mal gewohnt. Wenn sie es am wenigsten erwarten, wird er es sagen, ohne bestimmten Anlaß wird er es sagen, denn wenn er nicht dort gewohnt hat, so wird er doch eines Tages dort wohnen. Andere Wohnungen, die auf ihn warten, gibt es immer. Mehr Stadt gibt es immer.

VON ROTEN AMPELN an entscheidenden Stellen festgehalten. Am Schauplatz des gestrigen Unfalls liegen Metallfetzen und winzige Glaswürfel herum. Jedesmal wenn die Ampel umspringt, verteilen Reifen das Zeug weiter, bis es als unsichtbare Schicht von Leid auf der ganzen Stadt liegt. Dort an der Ecke hat er mal gewohnt. Wer wohnt jetzt in diesen Wohnungen, wer benutzt seine früheren Telefonnummern? Rasches Kopfrechnen ergibt, daß er sich die Wohnung, in der er aufgewachsen ist, gar nicht leisten könnte, und nun ist er ein Exilant in seiner eigenen Stadt. Was soll er schon sagen, wenn er an ihr und all den anderen vorbeikommt, wie soll er dieses Gefühl Freunden oder Leuten vermitteln, die das vielleicht interessiert? Unermeßlichkeit der Schuld. Armut der Bürger. Was sollst du schon sagen, wenn du an den bescheidenen Orten vorbeikommst, die dir auf eine Weise halfen, die du nicht verstehen kannst, die für dich da waren in bestimmten Nächten, als du weder Freunde noch Taxifahrer, sondern nur Schlüssel hattest. Die Ampel springt um. Fast zu Hause. Kein bißchen zu früh.

NACH ALL DEN ÄNGSTEN und der rauhen See läuft die Nacht auf Grund. Einige von ihnen haben es an Land geschafft. Er kennt einen Laden, wo sie Frühstück kriegen können. Schau mal, wie spät es ist. Schau mal mich an. Schau mal, wie sie Händchen halten. Sie haben die ganze Nacht geredet. Während alle anderen durchgedreht sind, haben sie einander gefunden. Nicht füreinander, aber vielleicht auseinander geschaffen. Die gleiche Substanz, so wie die Stadt eine einzige Substanz ist, jeder Zentimeter davon, von einem Ende bis zum anderen. Massiv. Unveränderlich. Unumstößlich. Alles aussteigen. Letzter Halt. Schau dir den Himmel an. Zur East Side hin. Da ist Sonnenlicht mit seinen Markenartikelfarben, Sonnenlicht, das Glasscherben auflädt, endlich Sonnenlicht über Mietshäusern, und wir sind in Sicherheit.

Times Square

EIGENTLICH IST ES eine Krankheit mit verräterischen Symptomen. Sie sagen: Ich erkenne das hier gar nicht wieder. Sie sagen: Mir ist schwindelig, und ich fühle mich benommen. Nicht ganz auf der Höhe. Das sind epidemische Reaktionen, gegen diese Art von Beirrung ist niemand immun. Sie pflichten bei und klagen, versuchen die Worte zu finden, die sie irgendwem sagen können, der zuhört: Es ist nicht mehr so, wie es mal war. Natürlich nicht. Es ist ja nicht mal mehr so, wie es vor fünf Minuten war.

SAG DER LICHTMASCHINE guten Tag. Köpfe drehen sich zur Standardbegrüßung um fünfundvierzig Grad nach oben. Wenn sie nicht von Gebäuden niedergehalten würde, höbe sie vielleicht grüßend die Hand. Statt dessen kann sie nur leuchten, strahlender als der Himmel und leichter zugänglich, ein jenseitiger Asphalt. Ist das ein Engel da oben oder bloß eine fünfzehn Meter hohe Coladose. Das ständige Problem des Maßstabs. Ein Häuserblock ist ein Kontinent, ein hübscher Brocken Planet. Anderswo auf der Erdkugel entfalten sich Ereignisse und marschieren im Gänsemarsch vor aller Augen über das elektronische Infoband. Fluß der Welt. Zufällig hat sie sich gerade gefragt, wie spät es in Tokio ist, und da steht es. Niemand kann bestreiten, daß das die spektakulärsten Höhlenmalereien in der Geschichte der Höhlenmalerei sind. Allein schon die Stromrechnung. Weltweit führend. Weck Deine Sinne. Try The Best. Einige meiner besten Freunde sind Slogans. Slogans hängen nach Feierabend miteinander herum, blinzeln und pulsieren, tratschen über ihren Freund, dessen Erfolgsgeschichte als Musical groß eingeschlagen hat: das Schlagwort, das fast keines wurde. Menschenschlangen um den Häuserblock. Jeder ist ein Star.

KOCH DIE VORSTELLUNG von Metropole ein, bis sie auf wenige Häuserblocks reduziert ist, gib einen Schuß Übertreibung und einen Eßlöffel Leid dazu. Schmecke mit Hybris ab. Serviermenge: reichlich. Seit einiger Zeit braucht es keine Menschenhände mehr, um das Ganze am Laufen zu halten, seit einiger Zeit wird es mit reiner Willenskraft betrieben, aber daß eine Wartung durchgeführt wird, läßt sie nachts ruhiger schlafen. Veteranen balancieren auf wackeligen Leitern und schrauben die Toten ab. Ersetzen, ersetzen. Verachte sie dafür, daß sie dich auf deine Bedeutungslosigkeit aufmerksam macht. Werde Zeuge verschiedener Arten des Veraltens. Was sie heutzutage an Rollen angeboten bekommt, sind die

Mütter der Naiven, die sie früher gespielt hat. Das ist Wie-heißt-sie-doch-gleich, tönt der Refrain, während sie mit einer Sonnenbrille vorübergeht. Der erste Besuch seit Jahren, und ein Blick in die Runde erinnert ihn an den Tag, an dem ihm klar wurde, daß sein Sohn ein besserer Mensch war, als er je sein würde. Warte, bis du dran bist, es ist genug Bitterkeit für alle da. Zweige sämtliche Energie, die in diesen Ort schießt, zur Versorgung deines Unbewußten ab. So würde es dann vermutlich aussehen.

UND WENN DIE HUPEREI nur Nanosekunden nach dem Umspringen der Ampel losgeht, auf der ganzen Länge der Avenue. Hupe, soviel du willst, kleiner Mann, es bringt dich nicht weiter. Einen ziemlichen Stau haben wir hier, sämtliche falschen Abzweigungen der Zivilisation führen uns hierher, Stoßstange an Stoßstange, ohne Versicherung oder Rechtsanspruch. Sie hat eine Menge durchgemacht, aber Make-up kaschiert die kleinen Dellen und Beulen. Besucher aus vom Krieg erschütterten Ländern spazieren aus Hotels in dieses Durcheinander und fühlen sich gleich wie zu Hause. Haben sie das Bügeleisen angelassen? Wie vertrauenswürdig ist die Person, die sich um ihre Haustiere oder Kinder kümmert. Hübscher Ort für eine Reise, aber leben wollten sie hier nicht. Zerdrückte Limonen am Boden von übergroßen

Souvenirgläsern sind ein Kürzel für Enttäuschung. Deck dich mit T-Shirts ein. Frag zum fünften Mal nach dem Weg, mal sehen, ob es was nützt. Kompaßnadeln drehen sich wie wild, verhalten sich komisch, wenn sie den geographischen Norden anzeigen sollen. Wer Fremdsprachen spricht, kramt seine Englischkenntnisse hervor, versucht diesen Wirrwarr zu konjugieren. Was heißt: Ich habe mich verlaufen und bin hilflos. Was heißt: Ich bin verzweifelt und allein. Unnötig, die Lichter zu übersetzen, Lichter sagen in allen Sprachen das gleiche. Blick himmelwärts, laß dich vom Menschenstrom mitreißen und mehrere Häuserblocks weiter wieder absetzen, genau da, wo du sein mußt. Begaffe die Unwahrscheinlichkeit des Ganzen, als wären Menschen schon in Smoking und Zylinder aus Aminosäureteichen gekrochen.

BAU ES GRÖSSER, besser. Strahlender und blendend. Gebäude werden höher, drücken uns tiefer hinab, während sie sich gegenseitig zu übertrumpfen suchen. Wer ist zuerst im Himmel, der letzte ist ein faules Ei, Etagen voller Anwälte. Dort oben in der Zentrale des Entertainment-Konzerns entscheiden Manager über dein Traumleben. Hier unten verhökern Verkäufer Sodbrennen, aber wenigstens tragen sie Handschuhe gemäß Hygienevorschriften. Ein Mann verteilt Broschüren, und sie meiden ihn, als hätte er ein Bündel Virenkulturen in der Hand und nicht bloß Reklamezettel für Billigprothesen. Ehemals Taschendieb, vertickt er jetzt billige Plätze in faden Broadway-Shows. Bei seinem ersten Besuch dreht sich der Glühbirnen-Vertreter begeistert im Kreis und sagt: Jetzt wissen wir, wo wir alle unsere bunten Lämpchen hinschicken müssen. Jeder verkauft irgend etwas. Habe ich schon mein spezielles Einführungsangebot erwähnt. Das Rekrutierungsbüro der Streitkräfte der Vereinigten Staaten besitzt eine erstklassige Immobilie, die praktischerweise in einem Gewühl liegt, das jeden in eine Ein-Mann-Armee verwandelt. Schütze deine Grenzen. Greife auf Selbsterhaltungsinstinkte zurück. Rein in die Ladenpassage. Experten stimmen darin überein, daß Videospiele die Augen-Hand-Koordination verbessern. Jugendliche Straftäter schnorren Münzen für Automaten, greifen tief in die Taschen für Lügen, die sie Bullen und Eltern auftischen können. Kids aus der Vorstadt tauschen die besseren Alibis aus. Lernt ein paar Tricks aus der Erwachsenenwelt, solange ihr hier seid, Kids. Lernt, daß ihr auf Alibis nicht verzichten könnt.

LEUTE AUS DEM SHOWBUSINESS huschen und wuseln, unmöglich von normalen Sterblichen zu unterscheiden. Magie des Theaters. Wo ist das Buch mit Zaubersprüchen, die ihre jüngsten Porträts in doppelseitige Hochglanz-Modebilder verwandeln, ihren Namen in die Bildunterschriften von Paparazzifotos mogeln? Die Fehleinschätzungen von gestern nacht sind die Leerstellen von heute. Lächle geheimnisvoll, wenn man dich um nähere Informationen bittet. Solange sie nur ihren Namen richtig schreiben. Warte darauf, entdeckt zu werden. Brich dir das Bein. Eröffnungsvorstellung für die beiden dort, die in den Händen des jeweils anderen lernen, was Wärme heißt. Morgen früh werden die Besprechungen erscheinen. Letzte Vorstellung für das Duo dort, das sich in getrennten Taxis davonmacht. Fängt die Rollenverteilung eben von vorn an. Kritiker wetzen Messer, ihre jüngste Demütigung ein Schleifstein. Warte auf deinen großen Durchbruch, bis dahin bist du Zweitbesetzung für diesen abgehalfterten Mimen, der all die Jahre deinen Namen und dein Gesicht benutzt hat. Vielleicht stehst du eines Tages auf der Bühne.

ACHTUNDNEUNZIGMAL hat sie es schon gesehen, und jede Vorstellung beleuchtet einen neuen Winkel ihrer Seele. Wende den Blick vom schrecklichen Spektakel. Der Hauptdarsteller rezitiert in Gedanken die Kränkungen, die sein Vater ihm zugefügt hat, während sein Mund mit vollendeter Leidenschaft den Text spricht. So voller Gefühl dort oben auf der Bühne. Das ist das mechanische Zeitalter. Welches Versäumnis in ihrer Erziehung zieht die Leute Abend für Abend hierher, das Publikum dieser besseren Flitterwelt ihres Exils. An Silvester versammeln sich die Bürger zitternd und warten auf einen letzten Vorhang, bevor es mit der nächsten Produktion weitergeht. Sieh zu, wie die Kugel fällt, Gegengewicht zur Hoffnung. Das gesamte Ensemble hat auf dem Programmheft unterschrieben, und Gückwunsch, verteil die Zigarren: Es ist ein Souvenir. Am Bühneneingang auf Idole warten. Schon ein einziger Blick würde so vieles auslöschen. Wenn der Revolver leer klickt, wird niemand bezweifeln, daß er ihr größter Fan ist.

UNNATÜRLICH und dennoch Analogien aus der natürlichen Welt naheliegend. Ein Schwarzes Loch. Vom All aus sichtbar, mit einer so starken Gravitationskraft, daß nicht einmal das Leben entkommen kann. U-Bahnen versuchen es zu meiden, aber letztlich krümmt sich jede Linie und Strecke in seine Quantenqualen. Ein großes schlagendes Herz. Von denen ins Stocken gebracht, die diese Durchfahrt verstopfen. Eine gesündere Ernährung hieße uns zu reduzieren. Oder vielleicht sind wir nicht so sehr Störfaktoren als vielmehr Bestandteile. Menschen werden in Ventrikel gesogen, dann in Arterien und Avenues verbannt, mit frischem, unverbrauchtem Wissen anderen Gegenden zugeführt. Was für ein Andrang. Ein geologisches Faktum. Wo zwei tektonische Platten gegeneinanderkrachen, sich zum Erdbeben aufschaukeln, der Broadway in altem Streit gegen die Seventh Avenue knallt. In seinen absehbaren Argumenten seismisch und meßbar. Wie sonst ist das Rumpeln unter den Füßen und dieses Gefühl von Gefahr zu erklären.

AH, DIE LICHTER. Nachts braucht man eine Sonnenbrille. Epileptiker, Vorsicht. Folgendes funkelt: Zähne und Vordächer, Armbanduhren und neue Ohrringe, ab und zu eine Seele. Wie soll, in all dem Flitterkram verloren, dies letztere hervorstechen. Wenn diese Schwachsinnigen in dem doppelstöckigen Bus doch bloß aufhören würden, ihm zuzuwinken, sie fachen nur seine Unsicherheiten an. Was sind wir vor diesem Licht anderes als weiches Fleisch, gegen Röntgenstrahlen gehalten, durchsichtig gemacht, alle Schwächen und Defekte zur Schau gestellt. Guckkastenwelt. Laufstall. Vergnügungspalast. Nach all den Jahren ziehen die berühmten Erniedrigungen sie immer noch in Scharen an. Diese Show macht niemals dicht. Kein Vorsprechen erforderlich. Die neue Sperrgebietsverordnung war ein ziemlicher Schlag für die Taschentuch-Industrie, das kann ich Ihnen sagen. Der Typ im Overall wischt trotzdem auf. Für Kellerprojektoren hergestellte Sechzehn-Millimeter-Filme werden für Heimkino-Anlagen digital umformatiert. Sie bevorzugt die Bezeichnung »Schauspielerin für Erwachsenenfilme«. All die unglücklichen Waisen haben Fanclubs und Webseiten. Und wo sind all die Zuhälter von gestern geblieben, unsere diversen Slims und Big Daddys? Längst verdrängt von besseren, etablierten Bauernfängern mit ihrem Stall von Markentieren und ihren Franchise-Läden. Öffentlich gehandelte Prostituierte monopolisieren Straßenecken, handeln in Baumwoll-Polyester-Gemisch sanfte Liebkosungen aus. Wieviel kostet einmal Halb-und-halb? In den Nischen des gemütlichen Erlebnis-restaurants jetzt Soviel-Sie-essen-können statt Was-im-mer-Sie-wollen. Ist besser so. Freier reisen in Rudeln, in Familienverbänden, mit Gutscheinen von Reisebüros. Ist besser so, außerdem zahlen sie Steuern, und überhaupt: Wo soll man denn bei diesen neuen byzantinischen Parkvorschriften einen Cadillac hinstellen.

DIE HARTGESOTTENSTEN Verbrecher machen auf vornehm. Für Sie immer noch Dr. Drecksack. Alles gezähmt und sicher. Früher war das alles anders, erzählt sie ihren Freunden von außerhalb. Lächelt, während sie diese Expedition führt. Je länger sie hier wohnt, desto mehr Geschmacklosigkeiten kann sie denen schildern, die noch nicht so lange hier sind, und desto mehr kann sie sich aufspielen. Bonuspunkte, wenn ihr angeben könnt, was vor drei gescheiterten Restaurants hinter dieser Ladenfront war: ein Restaurant. Schlankes Sperrholz steht Posten, wo einmal Gebäude waren, bewacht einen Ab-

grund. »Plakate ankleben verboten.« Sie kleben Plakate
an. Sieh dir Bauschutt an, bejuble Kräne, die Träger
hochhieven. Eines Tages wird er eine Abrißbirne schwingen sehen oder sehen, wie das alte Monstrum in Staub
implodiert, oder wenigstens ein paar Häuserblocks entfernt ein lautes Geräusch hören und wissen, daß ganz in
der Nähe eine herrliche Zerstörung stattfindet. Insge-
heim genießen sie die Gewalt, die ihren Vierteln und
früheren Lieblingsplätzen angetan wird, denn nachdem
diese verschwunden sind, können sie damit angeben,
Zeugen ihrer Glanzzeit gewesen zu sein. Sich beklagen
heißt dazugehören, Eigentum besitzen. Ausnahmsweise
mal nicht zur Miete.

BLEIB AUF dem Weg, und du siehst die Ruinierten nicht,
also weiche nicht vom Weg ab. Discount-Elektronik
und Discount-Leben. Keine Anzahlung. Die genaueren
Neonschilder, diejenigen, die für Elend und Untergang
werben, werden erst nach Mitternacht eingeschaltet.
Trinken wir in der Old Man Bar. Die alten Herren sind
tot und haben ihre Geheimnisse mit ins Grab genommen, also werden wir solches Neon nie wiedersehen. Du
fehlst uns sehr. Schweigen senkt sich über den Raum, als
jemand »Lebertransplantation« sagt. Sie wissen ja, wie
das in der Branche ist, hopp oder top. Er hat gesagt, er
wolle sie fotografieren, habe Beziehungen, aber erst nach-

dem sie es mit der Hälfte von allem, mit dem sie nach oben gegangen ist, auf die Straße hinunter geschafft hat, fühlt sie sich sicher. Unterschätze nicht die Willenskraft, die es braucht, sich dem Klischee zu unterwerfen. Halte dich an das Drehbuch. Es ist alles schöner Schein. Genau wie Happy-Ends.

AN DIE GENAUE ADRESSE kann er sich nicht mehr erinnern, aber er ist sich sicher, daß er es erkennt, wenn er dort ist. Alte Hasen zählen auf, was vergangen ist. Der berühmte Produzent ist in finanzielle Schwierigkeiten geraten, die loyalen Mitglieder seiner Truppe sind nirgendwo zu sehen, denn jeder Scheck, den er ausstellt, platzt wie ein Luftballon, in den man eine Nadel sticht. Niemand antwortet auf seine Anzeige von wegen »Liebenswerte Originale des Times Square«. Die Seeleute an Land haben ausgemustert. Die Cancan-Tänzerinnen nehmen Penicillin. Die abgehalfterten Boxer mit ihren verwirrten Epiphanien haben sich in Eigentumswohnungen zurückgezogen, und wer kann es ihnen verdenken bei den milden Wintern dort. Haarwasser und Stumpen, Erdnußschalen und Bebop, das waren die Requisiten der Ausstattungsrevuen, und wo findet man die heutzutage noch. Klage über Verschwundenes. Du versuchst, eine Kerze anzuzünden, aber das Streichholz geht ständig aus. So zugig in diesen alten Theatern. Als ob die alten Theater noch stünden.

FLÜSTERKNEIPENSTADT, Hauptherstellerin spezieller Klopfzeichen, Codewörter, geheimer Zugänge. Es ist schon Jahre her, aber nur Geduld. Du wirst bald darauf stoßen. Sie schauen in Winkel und Ritzen. Das Lendenfilet für sieben Dollar. Diese Bänder, die sie so mag. Der Laden, der sich dem Verkauf, der Pflege und der kulturellen Überlieferung des flachen Filzhuts widmet. Lassen Sie sich nicht von diesen neuen Plastikschildern täuschen. Wenn man die Adressen dringend genug braucht, findet man sie auch. Sogar Hauswirte erweisen sich manchmal als verantwortungsbewußt. Der kleine Laden, der sich auf Zweite-Akte-in-amerikanischen-Biographien spezialisiert, läßt sich nicht unterkriegen. Er arbeitet hauptsächlich auf Bestellung, macht aber keine Werbung, Mundpropaganda genügt. Gleich nebenan ist das Reisebüro, das nur Einfache-Tickets-aus-der-Stadt-hinaus verkauft. Ihre Kunden kommen nicht wieder, trotzdem erfreuen sie sich einer gleichbleibenden Klientel, eines müden Stroms der Flüchtenden, Strauchelnden, Gescheiterten. Diese Läden sind schon seit Jahren Nachbarn und werden es auch bleiben, weil es ein Bedürfnis danach gibt. Renovieren Fassaden und pflastern neu, schminken ab und donnern auf, sind aber außerstande, ihre wahre Natur zu verbergen. Manche Dinge lassen sich nicht vernichten. Manche Dinge reichen tief hinunter und werden Grundgestein. Du wirst bald darauf stoßen, weil es wichtig ist. Es ist schon eine Weile her, aber wenn er weitersucht, wird er ihn auch finden, den Laden, wo er damals gekriegt hat, was er suchte, da ist er ja, hat sich nach all den Jahren kein bißchen verändert, und der Typ hinterm Ladentisch weiß sogar noch seinen Namen.

DIESE STADT ist Belohnung für alles, was sie dir zu erreichen ermöglicht, und Strafe für alle Verbrechen, die sie dich zu begehen zwingt. Es ist, als hätte sie ein Rätsel gelöst, während sie da an der Ecke stand und darauf wartete, daß die Ampel grün wurde, sieh nur, ihr Gesicht, sie lächelt etwas an, was wir nicht sehen können. Dieses reine, flackernde Licht. Es ist ihnen immer ein bißchen peinlich, wenn sie dahinterkommen, was es mit diesem Ort auf sich hat. An der Ecke aufgehalten, von Menschenmengen gemieden, als wären sie Propheten oder Obdachlose. Meide sie, wie du irgendeinen Engel meiden würdest, der dich streift. Die Einsamkeit ist das schlimmste, denn dieses Wissen kann man nicht teilen, sondern nur erleiden. Auch recht. Warum soll es jemand anders leicht haben. Das nenne ich wie ein wahrer New Yorker gesprochen.

JFK

ES IST ZEIT ZU GEHEN.

Alles ist gepackt. Alle notwendigen Dokumente sind sicher in Taschen und Beuteln verstaut. Die Zeit ist so rasch vergangen. Nimm dir einen Moment Zeit, um zurückzublicken und zu bedauern, was du alles nicht unternommen hast, wo du überall nicht gewesen bist. Was du nicht gesehen hast. Nimm es dir für das nächste Mal vor.

Immer vorausgesetzt, es ist noch da, wenn du endlich wiederkommst.

Manchmal verschwinden Dinge.

Der Flughafen ist einer von vielen bequem erreichbaren Ausgängen. Von den schönen Terminals aus kann man überall auf der Welt hinfliegen. Die Namen der Fluggesellschaften sortieren sie nach Bestimmungsorten. Schlurfe mit und tu, was man dir sagt. Bloß eine Frage der Zeit, bis du zu Hause bist.

Nimm deinen Platz ein.

Wenn du über diese Tour redest – und das wirst du tun, weil es eine erstaunliche Reise war und du vieles erlebt hast, weil es Hochs und Tiefs gab, weil dich manchmal das Glück verlassen hat und du oft nur in letzter Minute davongekommen bist, weil es wirklich eine tolle Sache war –, wirst du deine Freunde bestätigend nicken sehen. Das erinnert mich an, werden sie sagen, und: Ich weiß genau, was du meinst. Sie wissen, wovon du redest, noch bevor dir die Worte über die Lippen kommen.

Über New York zu reden ist eine Art und Weise, über die Welt zu reden.

Wach auf. Mit einem Schauder endlich aus dem Traum gerissen. Unmöglich, daß dieses Riesending abgehoben hat. Diese groteske Mißgeburt mit unmöglichen Flügeln. Wie wir manchmal flattern. Mach es dir für die Reise bequem und vergiß. Bitte vergiß. Versuch, nach und nach zu vergessen, dann erträgst du es leichter. Laß es hinter dir. Dann legt sich das Flugzeug auf seiner Flucht schräg, und über dem grauen Flügel kommt schlagartig die Stadt mit ihrer ganzen Weite, ihren Türmen, ihrem undurchdringlichen Gedränge in Sicht, und während du diesen Anblick zu begreifen versuchst, wird dir klar, daß du eigentlich gar nicht dort gewesen bist.

Der Autor möchte seinen Freunden und Nachbarn für ihre Hilfe bei der Fertigstellung dieses Buches danken: Nicole Aragi, Nicholas Dawidoff, Richard Nash, Tina Pohlman, Bill Thomas und Kevin Young. Diese Seiten wären leer ohne die Liebe und die Unterstützung von Natasha Stovall.

Inhalt

Stadtgrenzen 7

Port Authority 17

Morgens 27

Central Park 39

Subway 51

Regen 61

Broadway 71

Coney Island 87

Brooklyn Bridge 97

Rush hour 109

Downtown 119

Times Square 135

JFK 149

Colson Whitehead

Die Nickel Boys
Roman

240 Seiten, btb 77042
Aus dem Amerikanischen von Henning Ahrens

Ausgezeichnet mit dem Pulitzer-Preis

Florida, Anfang der sechziger Jahre. Der sechzehnjährige
Elwood lebt mit seiner Großmutter im Schwarzen
Ghetto von Tallahassee und ist ein Bewunderer Martin
Luther Kings. Als er einen Platz am College bekommt,
scheint sein Traum von gesellschaftlicher Veränderung in
Erfüllung zu gehen. Doch durch einen Zufall gerät er in
ein gestohlenes Auto und wird ohne gerechtes Verfahren
in die Besserungsanstalt Nickel Academy gesperrt. Dort
werden die Jungen missbraucht, gepeinigt und ausgenutzt.
Erneut bringt Whitehead den tief verwurzelten
Rassismus und das nicht enden wollende Trauma der
amerikanischen Geschichte zutage. Sein neuer Roman,
der auf einer wahren Geschichte beruht, ist ein Schrei
gegen die Ungerechtigkeit.

»**Analytisch präzise zeigt der Roman auf, wie fatal
Macht, Scham und Ohnmacht ineinander wirken.**«
Sandra Kegel, Frankfurter Allgemeine Zeitung

btb

> »Hat alles, was einen
> guten Roman ausmacht.«

Wieland Freund, *Welt am Sonntag*

Ü.: Nikolaus Stingl
384 Seiten. Gebunden

Eigentlich würde Ray Carney am liebsten ohne Betrügereien auskommen, doch die Einkünfte aus seinem Laden reichen nicht aus. Cousin Freddy bringt gelegentlich eine Goldkette vorbei, die Ray versetzt. Doch was tun mit dem Raubgut aus dem Coup im legendären »Hotel Theresa« im Herzen Harlems, nachdem Freddy sich verdünnisiert hat? Als Polizei und Gangster Ray aufsuchen, steht sein Doppelleben auf der Kippe. *Harlem Shuffle* ist Familiensaga, Soziographie und Ganovenstück, vor allem aber eine Liebeserklärung an New Yorks berühmtestes Viertel.

HANSER

hanser-literaturverlage.de